Shakespeare
o gênio original

Katia Marina Bezerra
Fev/2013

Coleção ESTÉTICAS

direção: Roberto Machado

Kallias ou Sobre a Beleza
Friedrich Schiller

Ensaio sobre o Trágico
Peter Szondi

Nietzsche e a Polêmica sobre "O Nascimento da Tragédia"
Roberto Machado (org.)

O Nascimento do Trágico
Roberto Machado

Introdução à Tragédia de Sófocles
Friedrich Nietzsche

Francis Bacon: Lógica da Sensação
Gilles Deleuze

Shakespeare, o Gênio Original
Pedro Süssekind

Pedro Süssekind

Shakespeare

o gênio original

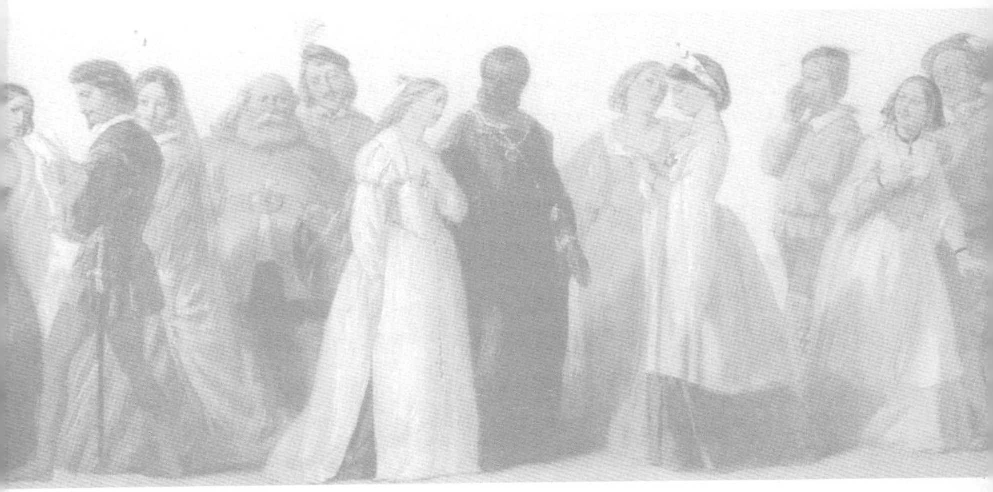

ZAHAR
Jorge Zahar Editor
Rio de Janeiro

Jorge Zahar Editor Ltda.
rua México 31 sobreloja
20031-144 Rio de Janeiro, RJ
tel.: (21) 2108-0808 / fax: (21) 2108-0800
e-mail: jze@zahar.com.br
site: www.zahar.com.br

Capa: Miriam Lerner
Imagem da capa: Daniel Maclise, *Procissão de personagens de Shakespeare*, c.1840

CIP-Brasil. Catalogação-na-fonte
Sindicato Nacional dos Editores de Livros, RJ.

S963s Süssekind, Pedro, 1973-
Shakespeare: o gênio original / Pedro Süssekind. — Rio de Janeiro: Jorge Zahar Ed., 2008.

(Coleção Estéticas)

Inclui bibliografia
ISBN 978-85-378-0034-8

1. Shakespeare, William, 1564-1616 - Estética. 2. Literatura - História e crítica - Teoria, etc. 3. Estética moderna - Século XVI. 4. Estética moderna - Século XVII. 5. Criação (Literária, artística, etc.) - História - Século XVI. 6. Pensamento criativo. I. Título. II. Série.

07-4707 CDD: 822
CDU: 821.111-2

Sumário

Introdução 7
A defesa da originalidade 7
A recepção alemã de Shakespeare 11
O efeito e as regras em *Hamlet* 16

1. ***Shakespeare contra o Classicismo*** 25
As regras da arte 25
Crítica e criação 30
Lessing e o teatro alemão 35
A luta contra os cânones clássicos 39

2. ***Shakespeare no Pré-romantismo*** 45
O gênio original 45
O modelo shakespeariano 48
As notas de Lenz sobre o teatro 53
Herder e o pensamento histórico 60

3. ***O gênio moderno*** 71
Consideração sobre o Romantismo 71
Schiller crítico de Shakespeare 77
O gênio e a arte em Kant 83

4. ***Goethe e Shakespeare*** 89
Mudança de foco 89
Para o dia de Shakespeare 93
Wilhelm Meister 97
Shakespeare e o sem fim 107

Notas 121
Referências bibliográficas 127

Introdução

A defesa da originalidade

Foi sua valorização a partir da segunda metade do século XVIII, na Alemanha da época de Goethe, que fez de Shakespeare o modelo por excelência do talento artístico original. O dramaturgo, que era questionado e censurado segundo os critérios das teorias poéticas consagradas no Classicismo francês, tornou-se a referência mais importante de uma poesia que foge às regras da arte definidas pela tradição e abandona a imitação dos antigos. Essa referência foi essencial para o movimento romântico, que desde seus primeiros teóricos rompeu com os parâmetros de uma poética normativa, baseada na autoridade dos escritores da Antigüidade para classificar os gêneros artísticos e, assim, definir o que era adequado a cada tipo de composição literária.

Na recepção de Shakespeare pelos escritores alemães, identifica-se uma mudança de concepção a respeito do talento envolvido na criação artística, e com isso se evidencia uma oposição entre duas maneiras diferentes de pensar o gênio. Por um lado, no Classicismo francês e no Renascimento italiano, teorias normativas acerca da arte associavam o talento a uma técnica apurada, a uma perícia de execução, à realização de uma obra sem erros, equilibrada e arduamente alcançada. Nesse caso, mesmo que o talento tenha sido considerado sempre um dom natural, necessário para a criação artística, era visto como uma capacidade mecânica, um rigor criativo que leva à *perfeição* pela obediência a normas – de modo que o termo "gênio" corresponderia ao termo "engenho", derivado do mesmo étimo. Em contrapartida, o movimento pré-romântico alemão, ou Sturm und Drang, na segunda metade do século XVIII, foi marcado pela defesa não só da liberdade e da espontaneidade na criação, mas também da possibilidade de transgressão das regras em nome da intensidade do efeito causado pelas obras de arte. Assim, a concepção romântica do gênio, elaborada inicialmente no Sturm und Drang, opõe a liberdade do poeta ao aprisionamento imposto pelas normas tradicionais, valorizando sobretudo a *originalidade* da criação artística. Surge, desse modo, a noção de "gênio original", que caracterizou os desdobramentos posteriores do Romantismo.

Essa mudança de concepção a respeito do gênio artístico constituiu um debate fundamental para a filosofia e a teoria da arte dos séculos XVIII e XIX. Contrapondo-se à tradição das poéticas normativas e ao classicismo de seus antecessores, teóricos do teatro como Diderot e Lessing procuraram justificar um novo modelo teórico, com base no privilégio do talento sobre a técnica, ou do efeito sobre as regras da arte. Na estética filosófica, Kant foi a principal referência na elaboração da questão do gênio e de seu caráter paradoxal entre a imitação de uma tradição constituída e a criação original a partir da observação da natureza. Essa questão seria retomada e redefinida posteriormente, no contexto da filosofia da arte, por autores como Schiller, Hegel, Schelling e Schopenhauer.

Trata-se também de um tema central na teoria literária, em que o debate sobre o talento e o gênio normalmente considera duas perspectivas antagônicas, em propostas que ora tendem a valorizar a criação inspirada e espontânea, ora defendem o trabalho árduo de composição poética. Um exemplo dessa oposição, no século XX, encontra-se na formulação de João Cabral de Melo Neto, em seu ensaio "Poesia e composição": a criação poética "para uns é o momento inexplicável de um achado e, para outros, as horas enormes de uma procura".[1] O autor compara sua própria época ao século XVII, no qual o teatro clássico francês propunha com clareza padrões universais de julgamento e regras de composição preestabelecidas. Com essa comparação, ele procura não só mostrar a dificuldade de definir o trabalho dos poetas contemporâneos, mas também questionar o privilégio da inspiração, a fim de defender uma poética do esforço.

Nas diferentes definições propostas por poetas e críticos, retomam-se muitas vezes as concepções de gênio sustentadas pelo modelo classicista e pela teoria romântica. O rigor da composição e o trabalho técnico se opõem à naturalidade e à espontaneidade, seja no privilégio de um desses dois extremos, seja na busca de um equilíbrio entre eles. Em todo caso, desde o final do século XVIII, nas discussões acerca do talento envolvido na criação artística, cada uma dessas concepções tem seu modelo.

Por um lado, como ocorre no texto de João Cabral, o teatro clássico francês sempre foi considerado um exemplo do rigor e do engenho, ou seja, do talento entendido como trabalho técnico e árduo de composição ligado a uma norma predeterminada. Assim, Racine, que entre os grandes dramaturgos franceses do século XVII talvez seja o mais rigoroso, o mais perfeito dos poetas dessa época de privilégio do rigor e da perfeição, aparece como o principal modelo da concepção classicista. Por outro lado, desde as primeiras intervenções da concepção romântica do gênio original, Shakespeare foi valorizado como o modelo de uma criação poética livre do aprisionamento das regras. Tanto nos textos dos primeiros românticos alemães quanto nos de seus sucessores franceses, o nome de Shakespeare se repete como a principal referência para definir a genialidade de um artista moderno.

A comparação entre esses dois grandes dramaturgos aparece, por exemplo, no ensaio que Stendhal escreveu em 1823, intitulado "Racine e Shakespeare", para defender o dramaturgo inglês contra as censuras impostas pela perspectiva classicista predominante na França ainda naquele período. A superioridade de Shakespeare, que talvez pareça não precisar de defesa para leitores e espectadores atuais, foi justificada pelo autor de *O vermelho e o negro* na forma de um diálogo entre o Acadêmico, defensor das noções classicistas, e o Romântico, porta-voz das idéias novas que influenciavam a poética do século XIX.[2] Mas essa discussão, elaborada por Stendhal, não era exatamente uma novidade na época em que o ensaio foi escrito, uma vez que os argumentos usados pelos interlocutores do diálogo são muito semelhantes àqueles utilizados pelos teóricos alemães no século anterior. Na verdade, a retomada dessas idéias na própria França, pátria do teatro clássico e de uma poética extremamente normativa, apenas atesta a repercussão, a importância e o caráter inaugural do debate iniciado na Alemanha.

Na raiz da teoria que sustenta a oposição do talento de Shakespeare ao de Racine, encontra-se uma proposta formulada antes mesmo do movimento pré-romântico por Lessing, um ferrenho crítico do modelo francês que o teatro alemão havia procurado seguir nas primeiras décadas do século XVIII. Os autores ligados ao Sturm und Drang não só aprofundaram as posições teóricas de Lessing, que defendia o privilégio do efeito e da emoção sobre as regras da arte, como também seguiram diretamente sua proposta de desenvolver um teatro segundo o modelo shakespeariano, em vez de imitar os antigos, como tinha feito a tragédia clássica francesa. Assim, na teoria e na prática artística de escritores alemães como Goethe, Lenz, Herder e Schiller, consolidavam-se a valorização de Shakespeare e, associada a ela, a concepção do gênio original como um talento livre das imposições da poética tradicional, portanto como um modelo para a criação artística moderna.

A recepção alemã de Shakespeare

Historicamente, a repercussão das obras de Shakespeare na Alemanha pode ter seu início datado no século XVII, quando algumas companhias de atores ingleses percorriam a Europa representando peças elisabetanas. Há registros, por exemplo, de uma apresentação de *Hamlet* nas ruas de Hamburgo já em 1623, feita por uma trupe inglesa de atores itinerantes. Mas as montagens teatrais daquela época eram baseadas em versões simplificadas das obras, representadas normalmente apenas em inglês e, em geral, sem indicação alguma de seus autores. Só na segunda metade do século XVIII, depois das primeiras traduções de suas peças e dos primeiros textos críticos, Shakespeare se tornou, para os alemães, a principal referência de um projeto de reestruturação do teatro nacional. Foi então que seu nome passou a ser associado à noção de gênio original, enquanto suas obras eram consideradas o modelo a ser seguido para possibilitar a ruptura com o Classicismo influenciado pela cultura francesa, especialmente acentuado no campo literário e teatral.

De fato, a influência francesa se estendia, naquele período, a todos os domínios da cultura alemã, num país que não possuía nem unidade política nem identidade nacional definida, e cujo território se dividia em centenas de pequenos Estados autônomos. Socialmente, a Alemanha era caracterizada pelo fato de que a burguesia, excluída da atividade política, não alcançou o mesmo desenvolvimento que na França ou na Inglaterra; economicamente, pelo declínio das cidades mais ricas do país, que vinham perdendo sua importância comercial para os centros holandeses e ingleses desde o século XVI, quando começaram as grandes navegações e o comércio marítimo no Atlântico.

Essa situação do território alemão, do ponto de vista social e econômico, era também o resultado de um longo período de guerras e conflitos, no qual o Sacro Império Romano-Germânico enfrentou a Reforma Luterana e as revoltas camponesas.* Como o imperador, em atenção ao papa e à força política dos seus aliados católicos, não podia assumir a posição de chefe da Igreja luterana, que consolidaria o poder central, a Reforma concedeu aos príncipes o poder religioso, no mesmo momento em que o fim das revoltas camponesas garantiu seu poder

---

* O ápice dessas revoltas, a Guerra dos Camponeses ocorrida de 1524 a 1526, forneceu a Goethe o argumento para sua primeira peça, *Götz von Berlichingen*.

político. Com o término da Guerra dos Trinta Anos (1618-48), que causou o colapso final do comércio alemão e a destruição de muitas das cidades importantes do país, a soberania dos príncipes territoriais alemães foi consolidada, mantendo-se até a unificação da Alemanha, em 1870.[3]

Em conseqüência das guerras e da decadência econômica, as grandes cidades alemãs tinham, em meados do século XVIII, uma população muito menor do que a de Paris ou Londres, enquanto as várias pequenas cortes floresciam. Berlim, a maior cidade do império alemão, contava com 126 mil habitantes em 1749, enquanto as capitais da França e da Inglaterra já tinham ultrapassado os 500 mil habitantes cada uma.[4] Assim, justamente no século marcado pela ascensão da burguesia, que culminou na Revolução Francesa, nos vários principados em que o território alemão se dividia os governantes construíam grandes castelos que imitavam os do rei da França, decorados com um luxo à altura de Versailles. Ao mesmo tempo que se preparava a revolução social no país vizinho, a sociedade de corte francesa continuava a ser o modelo em que se espelhavam os nobres alemães.

Na literatura desse período, a tendência dominante se baseava no modelo francês dos grandes clássicos do teatro, como Racine e Corneille, expoentes de uma arte que expressava a ordem e o bom gosto da sociedade de corte. Essa tendência teve como representantes na produção literária alemã Johann Christoph Gottsched e Christoph Martin Wieland, que se tornaram célebres em sua época fazendo um teatro rigoroso, de acordo com as regras da arte, e defendendo a poética classicista de base aristotélica contra as impurezas e os erros das peças escritas, traduzidas ou encenadas nos Estados alemães.

Esse modelo do Classicismo francês começou a ser contestado na segunda metade do século XVIII, por dramaturgos, críticos e teóricos alemães, dentre os quais se destaca Lessing. A partir de então o teatro shakespeariano ganharia uma importância crescente como referência para a produção dramatúrgica, especialmente no período do Sturm und Drang, como demonstram as palavras de Goethe ao comentar a valorização de Shakespeare por sua geração no livro de memórias *Poesia e verdade*:

> Shakespeare é admirado pelos alemães mais do que pelos outros povos; mais, talvez, do que pelos seus próprios compatriotas. Encontrou entre nós, em abundância, a justiça, a eqüidade e a deferência que negamos uns aos outros. Homens eminentes dedicaram-se a apresentar o seu gênio sob a mais favorável das luzes.[5]

Sob o impacto dessa valorização, no final do século XVIII, a própria teoria da arte na Alemanha sofreu uma modificação profunda. Enquanto as teorias iluministas sobre a arte haviam discutido as especificidades da criação artística antiga, defendida como modelo, a estética que começava a surgir dizia respeito, cada vez mais, aos parâmetros da arte moderna. Tornava-se necessária uma mudança de perspectiva para afirmar esses novos limites da criação artística diante do modelo antigo, considerado antes insuperável. Segundo a formulação de Peter Szondi, em "Antigos e modernos na estética da época de Goethe", aos poucos a própria "pergunta pela essência do belo se tornou uma pergunta pela existência de diversos tipos de belo, pela possibilidade de o belo sofrer alterações".[6]

A comparação entre antigos e modernos não era um tema novo, pois remetia, por exemplo, à célebre *Querela dos antigos e dos modernos* – o debate ocorrido na França do século XVII, entre acadêmicos como Boileau e Perrault, sobre temas relacionados ao modelo classicista e à valorização da produção artística do presente.[7] Contudo, no caso dos teóricos pré-românticos alemães, a retomada desse debate teve a intenção justamente de contestar o classicismo que dominava a reflexão sobre a arte e a própria produção artística de sua época. A partir de uma nova perspectiva acerca da relação entre os antigos e os modernos, as obras da Antigüidade clássica passaram a não ser vistas necessariamente como a realização mais elevada da criação artística, a ponto de servir de modelo de beleza para sempre.

Nesse debate sobre a criação artística da época clássica e os novos rumos da arte, um dramaturgo moderno que rompe com o modelo dos antigos era contraposto ao teatro rigoroso, que respeita as regras poéticas definidas por Aristóteles. O problema era, então, como afirmar a Modernidade sem renegar a Antigüidade, ou como permanecer fiel à Antigüidade sem precisar renegar a si mesmo. E esse problema se vinculou fundamentalmente à recepção de Shakespeare pelos alemães nas últimas décadas do século XVIII e no início do século XIX. Para Szondi, "tornou-se cada vez mais claro que não era viável considerar Shakespeare um classicista, e com isso se revelou cada vez mais a necessidade de desenvolver um sistema do belo, um sistema da poesia, em que Shakespeare tivesse o seu lugar, tanto quanto Sófocles".[8]

Justamente essa equiparação de um poeta moderno ao grande nome da poesia na Antigüidade pode indicar uma mudança de fundamentos na maneira de pensar a arte. Com isso se oferece uma resposta para a dificuldade, no desenvolvimento da teoria moderna, de encaixar uma obra que propõe novos parâmetros em toda uma estrutura de pensamento com fundamentos nos critérios da tradição de base aristotélica. Contra as normas rigorosas do teatro clássico, impunha-se o modelo do gênio original, definido como aquele que não segue as regras tradicionais da arte, mas cuja criação é capaz de comover leitores e espectadores. Uma estética do efeito passa a ser privilegiada em detrimento de uma poética normativa.

O efeito e as regras em *Hamlet*

Algumas obras de arte já foram tão estudadas, comentadas e interpretadas, que podem servir de exemplos justamente para o caráter inesgotável da expressão artística, sempre aberta a novas leituras. Shakespeare, considerado o autor mais estudado no mundo há muito tempo, escreveu várias peças que poderiam ser mencionadas como exemplos desse tipo de obras de arte. Entre elas se destaca em especial *Hamlet*, provavelmente a peça mais comentada do autor mais estudado no mundo, e nesse caso uma das criações artísticas sobre as quais mais se teorizou nos últimos séculos. Como afirmava o crítico polonês Jan Kott, em *Shakespeare nosso contemporâneo*, de 1961: "A bibliografia das teses e estudos sobre *Hamlet* daria um volume duas vezes maior do que a lista telefônica de Varsóvia."[9]

Têm uma importância decisiva nesse imenso interesse e nessa extrema valorização de Shakespeare na Modernidade os escritores alemães que participaram do movimento pré-romântico na segunda metade do século XVIII, como Herder e Goethe.

E mesmo eles já faziam estas ressalvas: "Que biblioteca já se escreveu sobre ele, pró e contra ele!", constata Herder em seu texto "Shakespeare",[10] de 1773; "Já se disse tanto a respeito de Shakespeare que parece não restar mais nada para dizer...", declara Goethe no início de "Shakespeare e o sem fim", publicado em 1826.[11] Apesar de tudo que já fora dito sobre o dramaturgo inglês, os dois escritores discutiram sua obra, assim como fariam os estudiosos e comentadores depois deles, mesmo diante de uma biblioteca cada vez maior, de uma tradição que se impõe sempre com esse peso de "não restar mais nada para dizer".

Sob a influência da valorização de Shakespeare no Pré-romantismo e depois no Romantismo, movimentos que elevaram seu nome ao patamar de um paradigma do gênio moderno e original, *Hamlet* e as demais peças continuam a ser comentadas e estudadas até hoje. Com certeza, existem diversas explicações possíveis para a importância de Shakespeare e sua permanência, como comprovam as freqüentes especulações a respeito do assunto nos últimos dois séculos ou mais. Goethe, por exemplo, já fornecia uma explicação em 1771, ao considerar: "O teatro de Shakespeare é uma bela caixa de raridades, na qual a história do mundo passa diante de nossos olhos, suspensa nos fios invisíveis do tempo."[12]

Num resumo bem mais recente acerca do tema, em *Shakespeare: a invenção do humano*, de 1998, Harold Bloom considera haver "duas maneiras contraditórias de explicar a grandeza de Shakespeare": uma historicista, que vê as obras como resultados da "energia social, política e econômica da época"; outra "bem mais empírica", que "parte da noção de que Shakespeare é universalmente considerado o autor que melhor representou o universo concreto, em todos os tempos".[13] Bloom demonstra estar de acordo com essa segunda explicação, bem próxima do comentário feito por Goethe dois séculos antes, ao defender sua tese de que "fomos reinventados por Shakespeare", devendo a ele nossas idéias sobre o que constitui, na Modernidade, o ser humano autêntico.

Em geral, quando se pensa a grandeza de Shakespeare, ela é associada à riqueza do seu pensamento, à amplitude e profundidade de suas reflexões ao abordar diversos temas, seja de natureza política, moral, histórica ou filosófica. Assim, as teorias sobre Shakespeare muitas vezes estabelecem, ora de maneira explícita, ora implicitamente, uma espécie de diálogo com a expressão do pensamento do autor, ou seja, com as questões que aparecem nas falas de seus personagens.

Se Shakespeare não escreveu textos teóricos sobre a arte, por exemplo sobre o próprio teatro, alguns de seus personagens mais célebres refletem acerca do assunto, em considerações inseridas nas peças. Dentre esses personagens, destaca-se Hamlet, que faz uma série de considerações sobre a atuação e sobre a arte teatral quando se encontra, no segundo ato da peça, com os atores de uma companhia de teatro. Assim, para se tentar entender o pensamento do autor de *Hamlet* sobre a arte que ele mesmo exercita, é preciso interpretar o conteúdo do pensamento de seu personagem. Mas que indicações teóricas ele dá em suas falas? Ou, em outras palavras, que elementos de uma teoria da arte ele desenvolve?

Em *Hamlet*, o assassinato do rei, acontecimento que desencadeia todo o desenrolar da tragédia, não se mostra diretamente, como parte da ação representada, mas é narrado ao príncipe da Dinamarca pelo fantasma de seu pai, no final do primeiro ato. Mas, por aparecer apenas narrado, nas palavras de um espectro, o crime hediondo que Hamlet deve vingar continua a ter um caráter duvidoso, que constitui um dos elementos da hesitação do protagonista. Só quando o crime realmente se apresentar *em cena*, Hamlet terá certeza da culpa do novo rei, seu tio. No entanto, essa cena só tem lugar como teatro dentro do teatro, como uma encenação concebida pelo próprio protagonista a partir da história que ele ouvira narrada. Assim, Shakespeare cria um jogo metalingüístico, no qual a cena do crime, decisiva para a tragédia, é representada por atores, que vêm ao castelo de Elsinore no segundo ato da peça, de modo que a confirmação da narrativa do fantasma, a constatação da culpa de seu assassino, só se revela no efeito que a representação tem sobre o rei usurpador. Como espectador do teatro, sob o impacto da representação de seu próprio crime, o assassino é desmascarado.

Esse plano de Hamlet para desmascarar o tio se baseia na capacidade que o ator demonstra de manifestar suas emoções e, com isso, comover o espectador. Comparando-se a ele (o ator da companhia que recita um texto), o protagonista da tragédia constata que, embora diante da podridão que se esconde no reino da Dinamarca, não passa de um fraco de vontade, tomado de melancolia, um sonhador, incapaz de dizer qualquer palavra sobre a verdade que lhe foi revelada.[14] Nesse jogo de espelhos entre o personagem do ator e o personagem Hamlet, este reconhece sua incapacidade de atuar de maneira convincente e elaborar um plano de vingança, ou seja, de levar a trama da peça *Hamlet*, que se desenrola diante de nós espectadores ou leitores, até aquele ponto de virada em que o rei e a rainha serão desmascarados.

Assim, o ponto de virada, ou *peripécia* (segundo a denominação aristotélica), ocorre na segunda cena do terceiro ato, numa situação de teatro dentro do teatro, quando a representação do crime que havia sido narrado pelo fantasma tem o efeito desejado sobre o assassino. Incapaz de disfarçar sua culpa, o tio de Hamlet se retira apressadamente após assistir à cena teatral que apresenta seu crime, e a partir desse momento – apesar das tentativas de evitar as conseqüências dessa manifestação de culpa e das hesitações do protagonista – a ação da peça de Shakespeare se precipita para o desfecho trágico, num encadeamento que envolve a morte de Polônio, a loucura de Ofélia, o desejo de vingança de Laertes e o arrependimento da rainha.

É possível identificar, na peripécia metalingüística de *Hamlet*, uma teoria de Shakespeare sobre o teatro? No mínimo, é possível reconhecer que, nas falas de seu personagem principal em que são feitas considerações sobre o teatro, o autor pensa algumas questões teóricas. Evidencia-se, nesse caso, o jogo de espelhos entre o personagem principal (ou o ator que o representa) e o personagem do ator, portanto entre os dois planos que surgem quando há uma encenação teatral dentro da peça escrita por Shakespeare.

No plano, ou no palco, em que se move o protagonista, justamente o conhecimento da verdade terrível que se esconde por trás da aparente ordem do reino imobiliza Hamlet, de modo que sua melancolia e sua hesitação o impedem de levar a cabo a vingança que seu pai exige. Como afirmou Nietzsche, ao mencionar a peça em *O nascimento da tragédia*: "O conhecimento mata a atuação, para atuar é preciso estar velado pela ilusão: tal é o ensinamento de Hamlet."[15] Paradoxalmente, o peso terrível da verdade impede de agir e, ao mesmo tempo, exige a vingança, a atuação do personagem.

Ao se comparar com o ator, o príncipe lamenta a falta de habilidade, a fraqueza de vontade, a covardia de, *apesar* de ter o motivo, *apesar* de conhecer a verdade, não conseguir dizer nada. Se tivesse a mesma "paixão", o ator que é capaz de chorar por Hécuba sem nem mesmo conhecê-la, sem ter nenhuma relação com qualquer pessoa chamada Hécuba,

> inundaria de lágrimas o palco, rasgaria o ouvido de todos com seus gritos; assombrados deixaria os inocentes, e insanos os culpados, confundidos os ignorantes; sim, deixaria atônitos os sentidos usuais da vista e do ouvido. Ao passo que eu, um parvo feito só de lama, um néscio, como um joão-sonhador, sem nenhum plano de vingança, me calo, quando a vida preciosa e o trono um rei veio a perder de maneira tão bárbara e maldita.[16]

Se, de acordo com a interpretação de Nietzsche, é justamente o conhecimento da verdade, de uma verdade monstruosa, que imobiliza o personagem e o impede de atuar, em contrapartida o ator domina a arte da ilusão. Ele é capaz de criar a ficção necessária para dar força às palavras, e é dessa arte que Hamlet se serve para expressar aquela verdade que o impede de agir e, assim, confirmá-la. O príncipe se apropria, desse modo, das características do ator.

Na realidade, no decorrer da tragédia, quase tudo o que Hamlet faz é um tipo de "encenação", cujos efeitos são questionáveis, exatamente porque ele não consegue ter certeza da mensagem do fantasma e, por isso, não se decide a executar a vingança que constitui a trama da peça da qual é o protagonista. Em outras palavras, mesmo lamentando sua hesitação ao se comparar com o ator-personagem, o príncipe pode ser considerado um personagem-ator, já que representa um papel para poder realizar a terrível tarefa imposta a ele: finge estar louco, para confundir o "ignorante" Polônio, que pretende observá-lo a mando do rei sem saber nada a respeito do crime cometido, e atua também diante de Ofélia, contra os seus próprios sentimentos.

Consciente do poder do teatro de despertar emoções e da importância de ser um bom ator, Hamlet planeja a encenação do assassinato, a fim de revelar o culpado, pois ouviu dizer que "criminosos quando assistem a representações, de tal maneira se comovem com a cena, que confessam na mesma hora em voz alta seus delitos, pois, embora sem língua, o crime fala por modo milagroso".[17] Assim, além da reflexão sobre o ator e o personagem, Shakespeare parece indicar, nesse trecho de sua tragédia, uma outra questão fundamental da arte poética, especialmente valorizada nas teorias sobre a tragédia desde Aristóteles: a questão do *efeito*.

Quando Hamlet assiste à cena representada pelo ator recém-chegado, o que chama a sua atenção é a capacidade que este tem de despertar emoções nos espectadores. E essas emoções serão o fator decisivo para desmascarar o assassino, que não consegue esconder a culpa ao ver encenado o próprio crime. A conclusão, nos termos de uma teoria poética, pode ser formulada da seguinte maneira: o efeito da cena representada sobre o espectador constitui a função decisiva que o teatro possui na tragédia de Shakespeare.

Contudo, ainda quanto ao desenvolvimento de uma reflexão teórica nesse trecho de *Hamlet*, há um outro aspecto a ser considerado, já que Shakespeare faz uma brincadeira com os gêneros dramáticos numa fala de Polônio. Para demonstrar sua erudição, mas revelando na verdade sua tendência verborrágica ao exagero, Polônio declara que os atores recém-chegados

> são os melhores do mundo para tragédia, comédia, história, pastoral, comédia pastoral, pastoral histórica, pastoral trágico-histórica, trágico-cômico-histórica, cenas sem divisão ou poesia sem limite. Para eles, Sêneca não é muito pesado nem Plauto é leve demais.[18]

Intencionalmente ou não, Shakespeare parece relativizar assim a importância dada, no teatro, às distinções entre os gêneros e às normas poéticas que devem ser seguidas em cada um deles. Não é à toa que se trata de uma fala de Polônio, personagem cômico de uma tragédia, cujas intervenções contrariam as normas puristas do Classicismo.

Essa relativização da importância dos gêneros poéticos pode ser pensada justamente a partir do contexto histórico de retomada das poéticas clássicas, de Aristóteles e Horácio, entre outros autores, e de discussão minuciosa das regras para a elaboração de um teatro rigoroso. Mesmo que haja dúvidas e controvérsias a respeito da extensão do conhecimento de Shakespeare acerca dessas poéticas e dessa discussão,[19] é importante observar que a teoria sobre o teatro, antes e depois dele, foi marcada por um caráter normativo e classificatório, especialmente na Itália do século XVI, com as traduções e comentários da *Poética* feitos por Robortello, Lombardi e Castelvetro, e no Classicismo francês, com *A arte poética* de Boileau e o teatro de Corneille e Racine.

Na segunda metade do século XVIII, a partir do questionamento da influência francesa elaborado pelos escritores alemães, justamente estes dois temas ocupariam o centro da teoria do teatro: a importância das regras que delimitam os gêneros poéticos e a questão do efeito. Com isso, nas obras de Lessing e dos autores pré-românticos, o desenvolvimento de uma teoria que se opõe ao Classicismo a partir da valorização de Shakespeare como gênio moderno retoma questões abordadas na obra desse autor.

Em alguns dos textos decisivos para a recepção alemã, nos quais o dramaturgo inglês é proposto como modelo para a elaboração de um teatro próprio, livre das imposições do Classicismo, as questões debatidas se articulam à discussão específica sobre *Hamlet*. Especialmente no caso dos escritos de Goethe, essa tragédia se destaca como a referência mais fundamental e decisiva para discutir os problemas poéticos, estéticos e teatrais que constituíram, na Alemanha da época, uma revolução cultural.

- 1 -

Shakespeare contra o Classicismo

As regras da arte

Na teoria da arte que se desenvolveu a partir do período renascentista, a *Poética* de Aristóteles era interpretada como se tivesse estabelecido prescrições eternas para toda dramaturgia possível. Esse modelo normativo caracteriza a longa tradição de interpretação do livro do filósofo grego sobre a poesia, influenciada também por outras obras clássicas, como a *Arte poética*, ou *Epístola aos Pisões*, de Horácio.* Foi a tradição de base aristotélica, marcada pela contribuição dos teóricos romanos antigos, que resultou nas poéticas escritas, por exemplo, na Itália do Renascimento e no Classicismo francês.

As *regras* da arte, consideradas independentes da história ou da nacionalidade, ganharam sua definição mais precisa justamente na França do século XVII, com textos como *A arte poética*, de Boileau, um dos mais célebres acadêmicos da época. O que se valoriza nesse livro é, acima de tudo, o rigor da composição das obras de poesia, segundo normas muito bem definidas e

* Trata-se de uma carta do século I a.C. dirigida a membros da família romana dos Pisões, que teriam consultado Horácio sobre o ofício do poeta. O nome *Ars poetica* foi dado posteriormente por Quintiliano (35-96 d.C.), outro importante teórico latino da poesia.

fundamentadas nas autoridades da Antigüidade clássica. Embora a base seja Aristóteles, fica evidente, em muitos trechos da poética do escritor francês, uma filiação à tradição latina que tem como referências a *Arte poética* de Horácio e, vários séculos depois, os comentadores italianos do período renascentista.

Por exemplo, é seguindo a tendência da *Poetica d'Aristotile vulgarizzata e sposta* (1570), de Castelvetro, uma tradução comentada do texto aristotélico em italiano, que Boileau formula a "regra das três unidades", o mais importante dos princípios normativos para a tragédia no Classicismo francês: "Mas nós, que a razão engaja às suas regras, queremos que a ação se desenvolva com arte: em um lugar, em um dia, um único fato, acabado, mantenha até o fim o teatro repleto."[1] A discussão a respeito dessa regra, pretensamente derivada de Aristóteles, mais tarde se tornaria uma das principais questões no contexto de ruptura com o caráter normativo do Classicismo francês, sobretudo na Alemanha do século XVIII.

Em seu *A arte poética*, Boileau repete muitas das recomendações clássicas, de Aristóteles e Horácio, como a exigência de simplicidade e unidade nas composições artísticas, entretanto está mais próximo do segundo autor na elaboração das idéias sobre a criação poética, pautadas por recomendações diretas aos poetas e por frases no imperativo. Assim como o texto clássico da *Epístola aos Pisões*, o livro francês consiste basicamente numa série de regras e exigências para a prática da poesia, expostas em versos e com expressões lapidares. Nesse caso, a poética assume, para além de sua função de classificar os gêneros e definir suas características, o sentido de ensinar a fazer poesia, apresentando as leis básicas que devem ser obedecidas em cada tipo de composição, como uma espécie de manual de normas no ofício de poeta.

Esse caráter normativo se evidencia, no texto clássico, quando Horácio define seu objetivo: "Farei o trabalho da pedra de amolar, que não tem fio para cortar, mas é capaz de dar gume ao ferro; ... ensinarei as regras do mister, as fontes de recursos, o que nutre e forma o poeta, o que fica bem, o que não, aonde leva o acerto, aonde o erro."[2] E Boileau segue expressamente os passos do teórico romano, como admite no final de sua poética, ao afirmar que foi "graças à leitura contínua e atenta de Horácio" que pôde oferecer aos poetas suas lições que a "musa trouxe ao Parnaso". Ressaltando o propósito normativo da poética, ele pede perdão por atacar os defeitos dos maus autores e se declara "censor um pouco impertinente, porém sempre necessário, e mais propenso a censurar que sábio em bem compor".[3]

Tanto na poética clássica quanto na classicista, ou seja, na retomada francesa da tradição greco-latina, é reconhecida a necessidade do talento para a poesia. Assim, nessas obras, a questão do gênio artístico é pensada no contexto de uma determinação das regras da arte. Segundo a formulação lapidar de Horácio: "Aos poetas, nem os homens, nem os deuses, nem as colunas das livrarias perdoam a mediocridade."[4] Já para Boileau, no início de sua consideração sobre a atividade do escritor: "Se não sentir a influência secreta do céu, se a sua estrela não o formou poeta por ocasião de seu nascimento, estará sempre atado à sua estreita disposição natural."[5]

Nesse contexto, para caracterizar a noção classicista do gênio, é preciso observar que, embora considerados necessários para a criação artística, a inspiração e o talento precisam ser governados pelo bom senso, submetidos às exigências apresentadas pelas poéticas e combinados a um propósito educativo. Retomando uma questão clássica, já abordada por Platão nos Livros III e X da

República, Horácio defende a necessidade de observar o modelo de vida dos personagens apresentados para fazer uma peça "abrilhantada pelas verdades gerais". Pois, segundo sua formulação, "o princípio e a fonte da arte de escrever é o bom senso".[6]

Assim, é também de Horácio que vem a reflexão de Boileau sobre o conteúdo da poesia, que deveria, para sua maior perfeição, apresentar um modelo de vida virtuoso a ser seguido. Nesse caso, ele repete exatamente a fórmula do autor latino – fonte da expressão proverbial "unir o útil ao agradável" – segundo a qual "arrebata todos os sufrágios quem mistura o útil e o agradável, deleitando e ao mesmo tempo instruindo o leitor".[7] Na versão de Boileau: "Autores, prestem atenção às minhas instruções. Querem que suas ricas ficções sejam admiradas? Então, que sua musa fértil em sábias lições una, por toda parte, o sólido e o útil ao agradável."[8]

O lado do prazer, o "agradável", associado à inspiração poética, não só deve estar combinado com um conteúdo exemplar, com a representação de modelos de virtude, mas também deve ser submetido às normas impostas por cada gênero artístico. Em Boileau, especialmente, as regras da arte se opõem à inspiração, à vaidade do talento, ao "belo ardor" que infla o "espírito quimérico" dos poetas com um orgulho vazio, de modo que "sua musa, irregular, em seus versos que vão ao acaso, jamais se eleva senão por saltos e pulos".[9] O bom senso e a razão devem servir como guias para o talento, que de outra maneira se perde num caminho escorregadio e penoso, cujo resultado são obras de pouco valor. "Reponha sua obra vinte vezes sobre a mesa de trabalho", recomenda a poética francesa, fazendo eco às recomendações de Horácio, que elogia a dedicação ao trabalho por parte do poeta, numa conspiração amistosa com o engenho, e dá o exemplo de Quintílio, que "mandava desfazer os versos mal torneados e repô-los na bigorna".[10]

A arte poética de Boileau privilegia, assim, a subordinação do talento tanto ao propósito "útil" e racional de educar, de oferecer modelos de virtude, quanto ao rigor de uma composição feita de acordo com as regras da arte, já definidas pelas poéticas clássicas. O autor francês manifesta com precisão essa exigência de rigor do Classicismo, ao retomar a noção aristotélica de beleza na composição:

> Em uma obra em que os erros pululam, não basta que crepitem traços de talento semeados de vez em quando. É necessário que cada elemento seja posto em seu devido lugar; que o começo e o fim harmonizem com o meio; que, com uma arte exigente, as peças adequadas não formem senão um único todo de diversas partes...[11]

No teatro clássico francês, quase sempre rigoroso ao seguir as exigências apresentadas por Boileau,* a dramaturgia alcançou uma perfeição extrema, na qual a beleza equilibrada dos versos, o caráter cerimonioso e até o vocabulário selecionado refletiam o gosto e o refinamento da corte francesa absolutista, como uma glorificação da aristocracia. As obras de Racine e Corneille podem ser consideradas, assim, o ponto mais alto, na história do teatro, do movimento que teve início na Renascença, com o estudo da Antigüidade e dos escritos de Aristóteles,

---

* Uma discussão dos limites dessas regras encontra-se, por exemplo, nos *Discursos sobre a utilidade e as partes da arte dramática* (1660), de Corneille, publicados como introduções aos três volumes das obras completas do autor. (Ver Corneille. *Oeuvres complètes.*)

tomados como fundamento da idéia de peça *rigorosa*. Segundo Anatol Rosenfeld, que resume a história do período, "Proclamando-se herdeira exclusiva de Aristóteles, fiada em regras absolutas e universais, independentes das situações histórico-geográficas, a dramaturgia clássica [francesa] se afigurava aos olhos do mundo como um modelo insuperável".[12]

Com todo o peso desse modelo de teatro rigoroso, as tendências do Classicismo francês foram importadas pela Alemanha de Gottsched, que em 1730 publicou seu *Ensaio de uma arte poética cristã*, obra marcada pela tradição em que as poéticas clássicas haviam se tornado, ao mesmo tempo, o ponto de referência para definir o que é a poesia e uma instrução sobre como se deve escrever uma epopéia ou uma tragédia.

Crítica e criação

No capítulo intitulado "Lessing e Winckelmann" de seu livro a respeito da Alemanha, publicado em 1813, Madame de Staël considera que "a literatura alemã talvez seja a única que começou pela crítica; em outros lugares, a crítica vem depois das obras-primas; mas na Alemanha ela as produziu".[13] A observação da escritora francesa não só ressalta um aspecto determinante e exclusivo do desenvolvimento literário alemão, mas também indica a importância fundamental dos teóricos da arte do século XVIII nesse desenvolvimento. Com os escritores Winckelmann e Lessing, criava-se na Alemanha um ideal teórico da arte, quando o país não tinha uma literatura nacional autêntica, enraizada em sua própria cultura, e se pautava pelo gosto e pelos padrões importados da França.

Posteriormente, em meio aos debates acerca desse ideal, a cultura alemã seguiria o caminho de uma crítica intensa ao Classicismo e ao racionalismo franceses. No teatro, na poesia e no romance, foi essa postura crítica que abriu caminho para o surgimento de uma produção literária própria. Assim, na época de Madame de Staël, e com a contribuição de seu livro, tanto o chamado Pré-romantismo quanto o Romantismo propriamente dito, enraizados na cultura alemã, chegariam a exercer grande influência inclusive sobre os autores franceses.

Johann Joachim Winckelmann foi um crítico severo das artes plásticas de sua época, especialmente do Barroco e do Rococó na escultura e de um falso realismo na pintura. No primeiro caso condenava o exagero dos seguidores de Gian Lorenzo Bernini, no segundo, a cópia da natureza ao estilo de pintores holandeses como Dou e Van der Werff. Essa investida contra o que considerava uma arte decadente era baseada numa comparação com a produção artística do Renascimento - Rafael, Michelangelo - e da Antigüidade clássica, o que levou Winckelmann a formular o ideal de imitação dos antigos, como um princípio a ser seguido pelos artistas plásticos de seu tempo. Essa teoria influenciou, a partir de então, o desenvolvimento da literatura e da teoria da arte na Alemanha, ligado aos estudos clássicos e à retomada da discussão sobre os antigos e os modernos.

Já Gotthold Ephraim Lessing foi, além de um grande crítico literário, um dos maiores nomes da dramaturgia alemã na época do Iluminismo. Em seu livro *Laocoonte ou Sobre as fronteiras da pintura e da poesia*, Lessing discutiu o ideal de beleza defendido por Winckelmann, para demonstrar a diferença que havia entre considerar a caracterização do sacerdote troiano Laocoonte no campo da literatura, tal como foi feita por Virgílio na *Eneida*,[14] ou no campo das artes plásticas. Essa definição de fronteiras entre as artes contrariava uma longa tradição, que remonta ao famoso verso *ut pictura poesis*, "a poesia é como a pintura", da *Arte poética* de Horácio, retomado pelos teóricos renascentistas.[15] No entanto, mesmo que a crítica a esse princípio tradicional de identificação entre poesia e pintura também tenha marcado de modo decisivo a estética e a literatura posteriores, a influência de Lessing se fez sentir mais nas questões ligadas ao teatro. Especialmente sua polêmica contra os padrões do gosto francês, baseada na valorização de Shakespeare como modelo para o teatro alemão, foi seguida em larga escala pelos autores pré-românticos como Herder, Goethe e Lenz.

Num estudo detalhado sobre a recepção de Shakespeare na Alemanha do século XVIII, Marie Joachimi-Dege distingue três fases, delimitadas com bastante precisão, tendo como marco divisório os textos de Lessing. A primeira corresponderia a um período de polêmica e apologia, no qual se coloca a questão de como avaliar o dramaturgo inglês num contexto de influência do teatro clássico francês. Na segunda fase, surgem a tradução de grande parte da obra de Shakespeare para o alemão e um estudo mais sério dela, o que acarreta o reconhecimento da grandeza do autor, contrariando a polêmica da fase anterior. Já o terceiro momento tem como traços principais a extrema valorização e a imitação entusiasmada de Shakespeare por parte dos escritores alemães do Sturm und Drang.[16]

O período de polêmica que caracteriza aquela fase inicial diz respeito, sobretudo, à posição assumida por Gottsched diante da primeira tradução alemã de uma peça shakespeariana, *Júlio César*, feita por Kaspar von Borck em 1741. Antes disso, como afirma Joachimi-Dege, os compêndios literários alemães se limitavam a mencionar Shakespeare em poucas linhas, como um entre outros dramaturgos ingleses.[17] A tradução de Borck acarretou uma crítica de Gottsched, o mais renomado poeta e acadêmico da época, professor universitário em Leipzig e grande defensor do modelo do teatro clássico francês. Mencionando o nome de Shakespeare pela primeira vez, ele escreveu:

> Essa mania de tradução se vulgarizou tanto entre nós, que tudo é vertido para a nossa língua, sem distinção entre o que é bom e ruim: como se tudo o que é estrangeiro já fosse primoroso, e como se já *não tivéssemos para mostrar coisas melhores originadas das próprias mentes de nossos compatriotas.* (Isso em 1741!) A mais miserável trapalhada de nossos comediantes ordinários não é tão cheia de remendos e erros contra as regras do palco e a saúde da razão quanto essa peça de Shakespeare.[18]

Só em 1753, portanto mais de uma década depois, foi publicado num periódico alemão um artigo que se posicionava contra os ataques de Gottsched, sem assinatura.[19] Esse texto antecipava algumas das afirmações de Lessing, em suas *Cartas relativas à novíssima literatura*, de 1759, livro considerado por Joachimi-Dege marco inicial da segunda fase de recepção de Shakespeare. Não é de estranhar, portanto, o fato de a décima sétima carta, que termina com a proposta de Shakespeare como modelo para o teatro alemão, em contraposição aos clássicos franceses, começar com uma crítica justamente a Gottsched.

Foi a partir dessa carta de Lessing que o nome de Shakespeare se consagrou na Alemanha, em oposição direta ao Classicismo, num período marcado pela tradução das peças inglesas feita por Wieland. Foram traduzidas, em prosa, 22 das peças de Shakespeare, publicadas na Alemanha entre 1762 e 1766. Na década seguinte, essa primeira versão das peças seria revista e completada por Johann Joachim Eschenburg. Goethe menciona, nas suas memórias, o aparecimento da "tradução de Wieland, que foi devorada e depois recomendada aos amigos e conhecidos". Em seguida comenta que "Shakespeare, traduzido em prosa primeiro por Wieland e depois por Eschenburg, pôde difundir-se rapidamente como livro em geral fácil de entender e ao alcance de todos os leitores".[20]

Essas traduções anunciaram e moldaram o Pré-romantismo, já que o gosto do jovem Goethe e de seus contemporâneos se formou com a leitura das obras de Shakespeare em versão alemã. A partir de então, as obras desse escritor constituíram o modelo supremo da luta contra os cânones clássicos da dramaturgia. Ao comentar a importância desse modelo, Otto Maria Carpeaux chega a dizer: "A história da literatura alemã do século XVIII pode ser dividida em duas fases: antes de Shakespeare-Wieland e depois de Shakespeare-Wieland."[21]

De fato, a tradução feita por Wieland teve uma influência decisiva, como indica Goethe em seu comentário. No entanto a discussão a respeito do poeta inglês tinha começado alguns anos antes, exatamente na décima sétima carta de Lessing, que estabelece com precisão os parâmetros para a recepção de Shakespeare por parte dos escritores alemães ligados ao Sturm und Drang: a noção de gênio, a valorização do efeito e das emoções na tragédia, o modelo oposto ao do teatro clássico.

Lessing e o teatro alemão

Além de grande crítico literário e teatral, Lessing foi, de acordo com alguns historiadores, o fundador da dramaturgia alemã moderna. Ele pode ser considerado também um dos primeiros representantes alemães da burguesia a viver como um escritor independente no século XVIII. Filho de um pastor protestante, Lessing nasceu em 1729 na pequena cidade de Kamenz (Saxônia), de onde saiu para estudar teologia e, depois, medicina em Leipzig. Mas, contrariando a atitude da maioria dos intelectuais de famílias burguesas naquele tempo, o jovem estudante não assumiu a função de preceptor, nem se tornou depois professor ou pastor. Ele passou a viver apenas de suas atividades como escritor e jornalista, mesmo que precariamente, já que a produção artística daquela época era financiada pelas diversas cortes em que a Alemanha se dividia.

Lessing teve sua primeira peça (*O jovem sábio*) encenada em 1748, ano em que ainda era estudante em Leipzig, de onde partiu logo depois para evitar as cobranças de seus credores. Foi para Wittenberg, em seguida para Berlim, a maior cidade alemã da época, na qual passou a trabalhar como colaborador do suplemento literário *Vossische Zeitung*. Entre 1748 e 1760, vivendo sempre em situação financeira precária, o escritor se envolveu em grandes polêmicas com os representantes do "bom gosto" dominante nas artes, especialmente no teatro. Como resultado desses embates, em 1759, ele escreveu as *Cartas relativas à novíssima literatura*, nas quais defende suas idéias sobre a formação de um teatro nacional autêntico. Além de contrapor Shakespeare aos autores franceses mais consagrados daquela época, Lessing dirige toda a eloqüência de seu espírito crítico contra o Classicismo acadêmico da literatura alemã do século XVIII.

Um bom exemplo de seu estilo contundente de polemista é o início da mencionada carta de número 17. Ela começa com um ataque à literatura e às posições de Gottsched. Inicialmente, Lessing anuncia a posição da *Biblioteca das Belas Ciências e Artes Livres*, periódico da época: "'Ninguém', dizem os autores da *Biblioteca*, 'negará que a cena teatral alemã tem de agradecer grande parte de suas primeiras melhorias ao Sr. Prof. Gottsched'." Em seguida acrescenta: "Eu sou esse ninguém; eu o nego redondamente."[22]

De 1760 a 1765, Lessing foi secretário do governador-geral da Silésia, em Breslau, função que lhe garantiu temporariamente uma situação mais estável, no período em que o país vivia o tumulto da Guerra dos Sete Anos (1756-63). Sua comédia *Minna von Barnhelm* (1767) se baseia justamente na sociedade de Breslau durante o período da guerra. Deixando a função de secretário, o escritor voltou a Berlim, com a intenção de obter uma colocação na Biblioteca Real, mas foi preterido por Frederico II, que preferiu dar o cargo a um francês.

Em 1766, foi publicado o ensaio *Laocoonte ou Sobre as fronteiras da pintura e da poesia*, no qual o escritor apresenta suas teses de teoria da arte. Depois de ver seus planos de trabalho em Berlim frustrados, Lessing aceitou o convite para se tornar um comentarista dramatúrgico (*Dramaturg*) no Teatro Nacional de Hamburgo, o primeiro teatro nacional da Alemanha, que durou apenas dois anos, de 1767 a 1769. Nesse período, foram redigidos os 104 textos reunidos depois no livro *Dramaturgia de Hamburgo* (1769), em que o autor desenvolve os argumentos de sua concepção do teatro nacional em formação, polemizando contra o Classicismo francês com base na interpretação da *Poética* de Aristóteles. Ainda em Hamburgo, ele fundou também uma editora, que faliu em pouco tempo, e a partir de 1770 tornou-se bibliotecário do duque de Braunschweig em Wolfenbüttel, onde viveu por 11 anos, até sua morte.

Foi em Wolfenbüttel que Lessing escreveu as obras-primas *Emília Galotti* (1772) e *Nathan o sábio* (1779). A primeira é uma "tragédia burguesa", ambientada num principado italiano. Apesar da crítica à dramaturgia clássica francesa, elaborada na *Dramaturgia de Hamburgo*, a peça não se distancia muito dos princípios seguidos por Corneille e Racine do ponto de vista formal. Sua maior inovação em relação ao Classicismo é justamente a protagonista de família burguesa, contrariando a exigência dos antigos de se ater aos personagens nobres. Mas o autor respeita as unidades de tempo, lugar e ação, já que a peça se passa num único dia, gira em torno do plano malogrado do príncipe para acabar com o casamento de Emília, sua amada, e se restringe a três cenários suficientemente próximos.[23] Nesse sentido, Lessing ainda não seguia a fundo o modelo de Shakespeare que ele mesmo havia discutido nas *Cartas relativas à novíssima literatura*, pelo menos não do mesmo modo que os dramaturgos pré-românticos. Por exemplo, justamente em 1772, mesmo ano em que veio a público *Emília Galotti*, Goethe rompia por completo com as regras clássicas em sua primeira peça, *Götz von Berlichingen*, fazendo um teatro baseado no modelo shakespeariano.

Já a peça *Nathan o sábio* foi escrita com o verso iâmbico que seria incorporado pela geração mais jovem e depois se tornaria o verso característico do drama clássico alemão. Nessa peça, Lessing procura responder a uma polêmica teológica em que se envolvera, a respeito da veracidade histórica da vida de Jesus. O tema central, que se expressa na parábola dos três anéis contada pelo protagonista, é a tolerância entre as crenças religiosas. Em vez de escolher um herdeiro para deixar o anel que simbolizava seu poder, um rei manda fabricar para seus descendentes cópias idênticas ao original, de modo que não se possa distinguir o anel legítimo entre os três que são herdados. O ato simboliza a legitimidade da herança que se divide em três, sem privilégio de nenhum dos herdeiros. Com base nessa parábola, o autor procura mostrar a autêntica verdade das três religiões monoteístas: o judaísmo, o cristianismo e o islamismo. Anatol Rosenfeld considera essa obra - extremamente atual no tema -, "com seu translúcido jogo intelectual e sua linguagem clara, sagaz e astuta ... , um dos mais preciosos legados que a ilustração alemã deixou aos pósteros".[24]

Como crítico e escritor independente, que representava a burguesia contra os padrões dominantes das cortes, Lessing foi o precursor de um movimento de afirmação da cultura alemã e de rebeldia contra o predomínio do gosto francês. Ao se voltar contra Gottsched e contra a dramaturgia clássica de Corneille, valorizando Shakespeare em defesa do teatro nacional alemão, ele antecipou as divisas do Sturm und Drang, formuladas depois por Herder, Lenz, Goethe e Schiller. Embora sua obra teatral, com peças que se tornaram clássicas na Alemanha, não pertença ao Pré-romantismo, a teoria de Lessing constitui uma das bases mais importantes para a reflexão estética e a produção artística desse movimento cultural.

A luta contra os cânones clássicos

Nas *Cartas relativas à novíssima literatura*, Lessing defende a idéia de que os dramaturgos alemães deveriam seguir o modelo de Shakespeare e critica os trágicos franceses, que para ele interpretaram mal as regras de Aristóteles. De início, na carta 17, o autor apresenta a seguinte oposição: "Se se tivessem traduzido, para o nosso público alemão, as obras-primas de Shakespeare com algumas discretas modificações, estou certo de que isso teria dado melhores resultados do que tê-lo familiarizado tanto com Corneille e Racine."[25] De fato, como ele previu, a tradução das peças inglesas por Wieland seria publicada alguns anos mais tarde e teria grande impacto sobre os leitores alemães.

O autor da carta argumenta, em seguida, que o povo alemão sentiria mais prazer com as peças de Shakespeare do que com as obras francesas, porque "um gênio só pode ser inflamado por outro gênio, e com maior facilidade por um que pareça dever tudo apenas à natureza e que não intimide pelas árduas perfeições da arte". De maneira sintética, essa definição pode ser lida como um prenúncio da teoria que, com o advento dos primeiros autores ligados ao movimento romântico, estabeleceria um novo parâmetro para a compreensão do talento artístico. Pois a noção de que o gênio parece dever tudo à natureza e não segue as regras da arte preestabelecidas pela tradição, indicada aqui por Lessing, está na base da concepção do gênio original, defendida tanto pelos pré-românticos quanto pelos românticos. É importante observar, nesse caso, que desde a sua primeira formulação a oposição entre um gênio ligado à natureza e as árduas perfeições da arte tem Shakespeare como referência.

Uma das fontes para essa definição dada por Lessing pode ser a *Enciclopédia*, cujo verbete sobre o gênio foi atribuído inicialmente a Diderot, editor-chefe dessa obra fundamental do Iluminismo na França e um dos autores mais elogiados por Lessing em seus textos.* Nesse artigo, o gênio é considerado de acordo com três características principais: "a amplitude do espírito, a força da imaginação e a atividade da alma".[26] Há uma distinção entre a maioria dos homens, que só tem a atenção chamada por sensações que possuem relação imediata com suas necessidades ou seu gosto, e o homem de gênio, cuja alma mais ampla tem o interesse despertado por todas as sensações à sua volta, por tudo o que encontra na natureza. Essa capacidade de receber e imaginar o mundo, ela mesma um dom natural, dá ao artista a possibilidade de elaborar suas recordações com vivacidade, carregá-las com sentimentos e emoções, ligar as idéias e sensações a mil outras que despertaram seu interesse. Assim, "no silêncio e na penumbra do escritório, ele usufrui deste campo risonho e fecundo; enregela-se pelo assobio dos ventos; queima sob o sol; aterroriza-se com as tempestades".

O artigo privilegia o aspecto produtivo do gênio, considerado uma característica da alma que leva o artista a procurar, com "cores verdadeiras, por traços indeléveis", na elaboração de suas recordações e sensações variadas, "dar um corpo aos fantasmas que são obra sua, que a transportam ou que a divertem". É a força da imaginação que caracteriza o artista e o destaca, num modo de pensar a criação artística que pode ser

---

* Atualmente, a autoria do verbete é atribuída a Saint-Lambert, mas se reconhece a concordância de Diderot, por exemplo nos "Diálogos sobre o filho natural", com a concepção defendida na *Enciclopédia*. [Ver Diderot, *Discurso sobre a poesia dramática*, p.98.]

contraposto ao racionalismo de Boileau, para quem "traços de talento" não compensam os erros cometidos contra as normas impostas pela poética clássica.

Na carta de Lessing, a consideração de Shakespeare como gênio, numa oposição ao parâmetro classicista de rigor ao seguir as normas poéticas, pode ser associada à valorização da capacidade imaginativa no artigo da *Enciclopédia* francesa. No entanto, a intenção do autor da carta não era contestar a importância de Aristóteles e do estudo da Antigüidade, propondo um modelo artístico inteiramente novo e desligado da tradição. Pelo contrário, para destruir a função de modelo do Classicismo francês, era necessário demonstrar que a teoria e a obra dos franceses, em seu rigor clássico, deformavam o pensamento aristotélico, ou seja, que elas não correspondiam ao que a *Poética* realmente dizia.

Voltando à carta:

> E, mesmo a decidir a questão segundo o modelo dos antigos, é Shakespeare um poeta trágico infinitamente superior a Corneille, embora este conhecesse muito bem os antigos e aquele não os conhecesse quase nada. Corneille se lhes aproxima pelo arranjo mecânico e Shakespeare pelo essencial.

Desse modo, cria-se uma inversão polêmica, uma vez que o dramaturgo genial, aquele que não segue as regras, é considerado superior ao dramaturgo "rigoroso" *mesmo segundo o modelo dos antigos*. Para fazer tal afirmação, Lessing se baseia numa nova interpretação do pensamento de Aristóteles, na qual destaca a importância do *efeito* produzido pela tragédia, numa retomada da célebre questão da *catarse* aristotélica.

Foi nos seus ensaios incluídos na *Dramaturgia de Hamburgo* que Lessing desenvolveu a discussão sobre o efeito da tragédia, procurando mostrar os equívocos cometidos pelos clássicos franceses. A própria base da compreensão da catarse estaria errada, como ele defende no livro: "Aristóteles não foi por certo quem efetuou a divisão, justamente censurada, das paixões trágicas em compaixão e terror. Ele foi mal entendido, mal traduzido."[27] Corneille teria interpretado equivocadamente ou deturpado todas as definições aristotélicas da tragédia, especialmente ao compreender que a purificação (catarse) diz respeito a todas as paixões apresentadas, *por meio* do terror e da compaixão. Segundo o autor da *Dramaturgia*, Aristóteles se refere à purificação justamente das paixões despertadas pela tragédia, ou seja, do próprio *medo* e da compaixão.

Para Lessing, o filósofo "fala de compaixão e medo, e não de compaixão e terror". A diferença entre a tradução do termo "*fóbos*" por "terror" ou "medo" é essencial nessa argumentação, como se percebe com a continuação do trecho citado:

> ... o medo, nele, não é de modo algum o medo que o mal iminente de outrem desperta por esse outrem, porém o medo por nós próprios, que brota de nossa semelhança com a personagem sofredora; é o medo de que as calamidades a ela destinadas nos possam atingir a nós mesmos; é o medo de que nós próprios possamos nos tornar o objeto compadecido. Numa palavra: esse medo é a compaixão referida a nós mesmos.[28]

Assim, o autor procura mostrar que o conceito de compaixão em Aristóteles, no qual estaria como que incluído o "medo", é o essencial no efeito catártico da tragédia. E as regras mecânicas do Classicismo se baseariam justamente numa compreensão equivocada desse conceito de compaixão, o que teria levado os poetas trágicos franceses a elaborar suas peças de acordo com a divisão das paixões trágicas em compaixão e "terror".

Uma vez que a catarse, entendida como purificação da compaixão (pelo outro) e do medo (a compaixão referida a nós mesmos), seria o objetivo último da tragédia em Aristóteles, todos os recursos para produzir essas duas paixões e a sua purificação deveriam ser usados. Lessing considera que as regras limitadoras de tais recursos se baseiam numa interpretação equivocada e levam a um procedimento mecânico, incapaz de despertar o efeito visado. Em outras palavras, os nobres príncipes e heróis em cena, o rigor e a exatidão, os limites de tempo e lugar podem dar a uma peça um caráter majestoso, sem erros, mas em nada contribuem para a emoção.

Como afirma Anatol Rosenfeld, "no fundo, Lessing se dirige contra o *éloignement* [distanciamento] clássico".[29] Por isso, ele criticava a norma antiga de apresentar apenas personagens nobres e justificava a representação de burgueses no teatro. Ao contrário de Racine, que em seu segundo prefácio a *Bajazet*, por exemplo, defendia a noção de que "o respeito que se tem pelos heróis aumenta na medida em que eles se distanciam de nós", para Lessing a emoção se intensifica justamente com a aproximação dos personagens.

Ainda na décima sétima das *Cartas relativas à novíssima literatura*, Shakespeare é contraposto ao caráter "mecânico" dos clássicos franceses, como um autor que, sem seguir quaisquer regras estabelecidas pela tradição das poéticas, obtém o efeito catártico: "O inglês alcança quase sempre a meta da tragédia, por mais estranhos e peculiares que sejam os caminhos por ele escolhidos, e o francês [Corneille] quase nunca atinge esse fim, ainda que palmilhe os mais aplainados caminhos dos antigos." As soluções estranhas e peculiares, que indicam a originalidade do gênio shakespeariano, só podem ser aceitas e valorizadas por uma teoria que privilegia o efeito e a emoção sobre as regras da arte. Nesse contexto, todo o rigor do Classicismo se revela ineficiente para a realização dos propósitos mais fundamentais do teatro, discutidos e enunciados por Aristóteles.

As regras, questionáveis como garantia da qualidade da prática artística, só têm sentido a serviço do efeito produzido pelas obras. Por isso, numa avaliação comparativa da poesia escrita na Modernidade, Lessing chega a comparar o poeta inglês ao maior nome da tragédia grega: "Após o *Édipo* de Sófocles nenhuma peça no mundo pode exercer maior impacto sobre as nossas paixões do que *Otelo*, do que *Rei Lear*, do que o *Hamlet*." Essa equiparação, que será retomada pelos teóricos pré-românticos, indica a necessidade de uma teoria da arte que pudesse pôr lado a lado o dramaturgo moderno e o antigo, que questionasse as diferenças e as identidades de uma arte nova em relação ao modelo clássico.

-2-

Shakespeare no Pré-romantismo

O gênio original

Por volta de 1770, iniciou-se na Alemanha o movimento cultural que ficaria conhecido pelo nome de Sturm und Drang ("Tempestade e ímpeto") – título de uma peça do poeta e dramaturgo Friedrich Maximillian Klinger. Politicamente, os escritores desse movimento buscavam "um caminho ideológico novo na Alemanha", como afirma Walter Benjamin em ensaio sobre Goethe.[1] Esse caminho estaria ligado à emancipação burguesa, numa época em que a burguesia alemã, de formação atrasada, ainda não era capaz de sustentar a produção cultural sem o auxílio dos nobres das várias cortes em que o país era dividido. Assim, o Sturm und Drang tinha uma filiação clara aos ideais políticos iluministas, como a crítica às antigas convenções sociais aristocráticas e a defesa da liberdade do indivíduo. No entanto, esses ideais defendidos antes por Lessing, entre outros autores ligados ao Iluminismo, foram exacerbados na geração seguinte e, assim, levados a extremos que prenunciavam o Romantismo. Justamente por isso, por ter algumas características semelhantes às do movimento romântico que se consolidou no início do século XIX, o Sturm und Drang também é chamado de Pré-romantismo.

A oposição entre o indivíduo e a sociedade, numa crítica aos entraves sociais, constitui um tema típico do Iluminismo, assim como da obra de Lessing especificamente, e essa oposição foi retomada em grande parte das obras pré-românticas. Mas o que os escritores desse movimento defendem não é mais o ideal iluminista da igualdade e liberdade dos indivíduos na sociedade, e sim a singularidade e originalidade dos indivíduos contra todas as convenções sociais. Assim, por um lado, quanto à sua crítica dessas convenções impostas pelo contexto, o Sturm und Drang se caracteriza por um certo pessimismo em relação à sociedade e à civilização. Segundo a explicação de Anatol Rosenfeld:

> ... em vez de lutarem, como Lessing e a Ilustração, em favor da eliminação de abusos e, em geral, em favor de uma ordem mais justa, [os autores pré-românticos] passam a exaltar a emancipação anárquica do indivíduo; objetivo que naturalmente implica o conflito não só com determinada sociedade histórica, mas com a sociedade como tal, qualquer que seja.[2]

Por outro lado, a defesa da originalidade e da liberdade individual acima de tudo, em oposição aberta às convenções da sociedade, leva a uma extrema valorização do *gênio*, considerado o talento artístico natural, que não precisa seguir regras ou padrões preestabelecidos e que caracteriza o indivíduo criador e livre de convenções.

Além de Lessing, que já havia se referido a Shakespeare como gênio, e do artigo na *Enciclopédia francesa*, a concepção do gênio no Sturm und Drang foi influenciada também por dois livros ingleses: *Essay on the Original Genius and Writings of*

Homer (1769), de Robert Wood, e *Conjectures on Original Composition* (1759), de Edward Young, que tiveram repercussão maior na Alemanha do que na própria Inglaterra. Ao comentar esse fato, em seu livro *O gênio romântico*, Márcio Suzuki considera o livro de Young "um dos momentos mais representativos da discussão sobre o gênio no século XVIII", no qual a criação artística é associada não mais ao trabalho mecânico, e sim ao processo natural de germinação.[3]

Os dois estudos ingleses, lidos por Herder e seus contemporâneos na Alemanha, destacam a originalidade do talento artístico, contraposta às regras mecânicas da tradição. Constituem assim fontes para uma ênfase ao culto do "gênio original", que Anatol Rosenfeld considera a principal característica do movimento alemão. Segundo ele, o conceito de gênio concentra as idéias e as aspirações dos autores da época: por um lado, "a revolta contra as regras tradicionais e contra todas as autoridades"; por outro, "a glorificação elementar da verdade enquanto expressão imediata, espontânea e não raciocinada e filtrada da alma".[4]

Destacando uma série de definições retiradas dos escritores pré-românticos, Rosenfeld considera o gênio "bardo e vidente, porta-voz de esferas mais altas; mensageiro divino, herói colossal, mediador do infinito no *medium* da finitude". Em vez de imitar a divindade e a natureza, o artista se revela "criador como Deus e a natureza", e por isso, ou seja, por estar "ligado às fontes puras do povo e da nação", pode desprezar as regras e os "cânones eruditos que são muletas para os inválidos". A inspiração subjetiva e a força da imaginação produziriam assim "obras originais, talvez imperfeitas no que se refere à forma exterior, mas dotadas de unidade íntima, de forma interna e de força característica, como tais bem mais importantes do que o ideal de beleza". Para Rosenfeld, justamente essa concepção do gênio desloca o centro gravitacional da análise estética, na época do Sturm und Drang: da apreciação da obra para o culto do autor. Nesse sentido, a obra se apresenta como expressão da rica subjetividade do seu criador, cuja genialidade está vinculada aos impulsos naturais, ou melhor, à totalidade da natureza, que é pensada nesse contexto segundo uma concepção panteísta ou divinizada.

O modelo shakespeariano

O Sturm und Drang se desenvolveu sobretudo no campo do teatro, com os grandes nomes da literatura que foram capazes de construir a base para a dramaturgia nacional alemã. Destacam-se no período as peças dos jovens Goethe e Schiller, como *Götz von Berlichingen*, do primeiro, publicada em 1773, ou *Os salteadores*, do segundo, de 1782. As duas peças contradizem praticamente todas as regras do estilo clássico e possuem um forte cunho shakespeariano.

Especificamente quanto à peça de Goethe, baseada na autobiografia do cavaleiro medieval alemão Götz von Berlichingen, Anatol Rosenfeld afirma que se trata de um "herói típico do Sturm und Drang", que "luta contra os mecanismos de uma ordem social degenerada e acaba sucumbindo por ser grande demais para um mundo mesquinho". Ele ressalta, também, que justamente essa peça acarretou um comentário de Frederico o Grande, rei da Prússia, no qual se destaca, embora de maneira negativa, o modelo seguido pelo autor. Para o rei, defensor da literatura e da influência francesas (aliás a própria consideração que ele faz foi escrita em francês), o *Götz von Berlichingen* que aparecia encenado era uma "imitação detestável daquelas péssimas peças inglesas".[5] Segundo a interpretação de Walter Benjamin, a primeira obra de Goethe expressava claramente as divisões da burguesia alemã e seu conflito com os valores aristocráticos, dos quais Frederico o Grande pode ser considerado representante. Na peça *Götz von Berlichingen*, as cidades e as cortes caracterizariam o racionalismo iluminista sem espírito, enquanto o líder da revolta dos camponeses personificaria os princípios do Sturm und Drang que se rebelam tenazmente.[6]

No entanto, apesar de o movimento pré-romântico ter em seu centro a produção dramatúrgica, uma das obras mais emblemáticas do período foi o romance epistolar de Goethe *Os sofrimentos do jovem Werther*, publicado em 1774. Baseado na história real do amor desafortunado do autor por Lotte Buff, a noiva de um amigo, e influenciado pela história (noticiada em jornais da época) de um jovem apaixonado que se suicidara, o livro se tornou na Alemanha o segundo mais lido, depois da Bíblia, e despertou no público uma reação que foi chamada de "febre Werther". Os jovens, especialmente, liam a desventura amorosa do personagem principal com grande fervor e entusiasmo, a ponto de imitarem em alguns casos a sua opção pelo suicídio (o que acarretou a proibição do romance em algumas cidades, já em 1775); as localidades em que a história acontece, Wetzlar e Garbenheim, tornaram-se lugares de peregrinação dos leitores.

O sucesso avassalador do livro, ainda hoje uma das obras mais conhecidas, traduzidas e lidas da literatura alemã, pode ser explicado justamente pela caracterização de Goethe como um *gênio*, capaz de trazer das profundezas de seus sentimentos novas idéias, sem imitar a tradição. Suas idéias se revelam expressões de uma nova visão de mundo, elaborada no íntimo do artista. Assim, segundo Benjamin, o *Werther* revela o tipo do "autor genial", porque Goethe faz de seu mundo interior um assunto público e das questões de seu tempo, questões de seu mundo particular de experiências.

Por um lado, com um impacto nunca antes alcançado, o romance dá voz tanto às aspirações políticas burguesas de contestar a rigidez do Estado quanto à necessidade individual de manifestar livremente as emoções numa cultura opressiva, sempre a partir da vivência mais íntima do jovem Werther. A burguesia encontrava assim, no livro de Goethe, a expressão plena de sua valorização do indivíduo e de sua luta contra as convenções estabelecidas. "Werther não é apenas aquele que ama sem felicidade, encontrando em sua comoção caminhos para a natureza não buscados por nenhum outro desde ... Rousseau", como observa Benjamin, "ele é também o burguês cujo orgulho se choca dolorosamente contra as barreiras de classe e exige seu reconhecimento em nome dos direitos humanos".[7]

Por outro lado, a irrupção da natureza emocional tem, nas descrições que o personagem Werther faz da natureza exterior, das plantas, dos riachos, das montanhas, das nuvens tempestuosas, da grandiosidade da paisagem, uma espécie de espelho transfigurador, no qual o personagem vê os reflexos de sua paixão por Lotte. Pois a percepção das paisagens se modifica de acordo com a vivência amorosa. Nesse sentido, a paixão é o ímpeto, *Drang*, que espelha no íntimo da alma humana a tempestade, *Sturm*, numa síntese dos princípios que deram nome ao movimento cultural alemão. O romance de Goethe pode ser considerado, nesse sentido, não só uma obra que define o Sturm und Drang, como também uma caracterização do indivíduo talentoso, cujo gênio imaginativo se alimenta da força criadora da natureza, em seu conflito com o estado de coisas vigente.

Quanto ao modelo que serve de base para o culto ao gênio original, os escritores pré-românticos, entre os quais se incluem Goethe e Schiller na primeira fase da sua produção literária, seguem fielmente as indicações de Lessing, em sua carta sobre a novíssima literatura alemã. Ou seja, assim como ele propusera, o modelo do gênio moderno era Shakespeare, constantemente equiparado ao grande nome da poesia antiga, Sófocles. Assim como fizera Lessing, esse modelo é contraposto à influência do teatro clássico francês, que representava a imposição das normas tradicionais do Classicismo. Desse modo, foi a partir da leitura das peças de Shakespeare que os escritores ligados ao Sturm und Drang combateram as regras consideradas convencionais e privilegiaram os impulsos e elementos naturais, não racionais, da criação artística.

No Livro XI de suas memórias, ao falar das tendências seguidas por sua geração, Goethe conta:

> ... fomos de repente libertados e desembaraçados do espírito francês. A maneira de viver dos nossos vizinhos nos parecia excessivamente imobilizada e aristocrática; sua poesia era fria, sua crítica negativa, sua filosofia abstrusa e contudo insuficiente; de modo que estávamos a ponto de nos abandonar ... à natureza inculta, se uma outra influência não nos tivesse há muito tempo preparado para concepções filosóficas e prazeres intelectuais mais elevados, mais livres, e não menos verdadeiros do que poéticos...[8]

Shakespeare era essa outra influência, que preparava para a liberdade em relação às convenções tradicionais, para as idéias e os sentimentos de uma nova experiência poética. A valorização de suas peças, lidas na tradução de Wieland ou no original, ou mesmo nos fragmentos das antologias, tinha o tom de uma devoção religiosa, a ponto de Goethe dizer, algumas páginas depois: "Shakespeare exerceu tal influência sobre o nosso círculo de Estrasburgo que, assim como há homens fortes na Bíblia, nós nos tornamos pouco a pouco fortes em Shakespeare."[9]

Assim, do ponto de vista da teoria da arte, a nova geração, após Lessing, ainda estava interessada na equiparação de Shakespeare a Sófocles, ou seja, na consideração do dramaturgo inglês a partir do estudo dos antigos, e via suas obras por uma perspectiva que contrapunha a força da natureza ao frio racionalismo dos clássicos franceses. Percebe-se isso claramente no ensaio "Para o dia de Shakespeare", que Goethe escreveu ainda muito jovem, em 1771, antes mesmo da publicação de sua primeira peça. Ele se pergunta: "O que o nosso século se atreve a sentenciar a respeito da natureza? Como podemos conhecê-la, nós que, desde a juventude, sentimos tudo sufocado e afetado em nós, e vemos da mesma maneira nos outros?" E, na resposta, afirma que "a natureza profetiza a partir de Shakespeare".[10]

Em 1773, dois anos depois da reação desse texto de Goethe, foi publicado o ensaio de Herder sobre o poeta inglês, num panfleto intitulado *Do estilo e da arte alemães*. Influenciado por Lessing, entre outros, Herder foi o primeiro autor a pensar a obra de Shakespeare numa contextualização histórica rigorosa. Com isso, seu texto inaugurou uma vertente que mais tarde marcaria a reflexão teórica do Romantismo e do Idealismo. Outro escritor alemão da geração de Goethe, neste caso um dramaturgo, Michael Reinhold Lenz, foi motivado por um grande entusiasmo pela obra de Shakespeare na concepção de suas *Notas sobre o teatro*, um trabalho de grande importância não só por retomar a discussão a respeito das regras clássicas e do gênio, como também por discutir a importância desses parâmetros para o teatro alemão de sua época.

Em suas memórias, escritas décadas mais tarde, Goethe apontaria os textos de Herder e Lenz como as referências fundamentais para entender a posição dos pré-românticos:

> Para quem quiser apreender diretamente o que se pensou, exprimiu e debateu nessa sociedade viva, será preciso ler a memória de Herder sobre Shakespeare na brochura *Do estilo e da arte alemães* e as *Notas sobre o teatro* de Lenz .... Herder penetra nas profundezas do gênio de Shakespeare e as expõe admiravelmente. Lenz porta-se mais como iconoclasta para com a tradição teatral e não quer ouvir falar de ninguém que não seja Shakespeare.[11]

O estudo dos dois textos constitui uma base para se compreender também a posição do próprio Goethe, cujas reflexões sobre Shakespeare, em ensaios ou em sua obra ficcional, têm como ponto de partida os principais temas discutidos por Lenz e Herder.

As notas de Lenz sobre o teatro

Durante o período do Sturm und Drang, Lenz e Goethe mantiveram relações cordiais, mas elas se deterioraram posteriormente a ponto de tornar impossível a convivência entre ambos.

A trajetória dos dois não podia ser mais divergente: enquanto o autor do famoso *Os sofrimentos do jovem Werther* foi convidado para a corte de Weimar pelo duque Karl August, ganhou depois um título de nobreza e viveu mais de 80 anos de intensa produtividade, o arrebatado Lenz morreu pobre e louco aos 41 anos. Do mesmo modo que outros grandes nomes da literatura alemã (por exemplo Lessing), Lenz sofreu as conseqüências de tentar viver como escritor num período em que não havia mercado alemão para os bens culturais. Os autores daquela época, por mais talentosos que fossem, dependiam em grande medida de mecenas nobres, e portanto também de ligações sociais cuidadosamente cultivadas. No caso de Lenz, o seu caráter instável, a incapacidade de adaptação, a carência afetiva, apontados em cartas de seus contemporâneos, atrapalharam sua carreira já tão pouco viável naquela época.

Nas memórias de Goethe, há um registro do período do Sturm und Drang que demonstra claramente a tendência à falta de medida, tanto no caráter quanto no estilo de Lenz, assim como a peculiaridade do vínculo que se criou entre os dois escritores nos anos de juventude:

> Mal havia aparecido *Götz von Berlichingen* quando Lenz me enviou, no papel ordinário de que habitualmente se servia, uma longa exposição sem o menor espaço em branco, nem nas margens, nem no alto, nem ao pé das páginas. Essas folhas traziam o título *Sobre o nosso casamento*. .... O objetivo principal desse longo escrito era comparar o meu talento com o seu. Lenz parecia ora subordinar-se, ora igualar-se a mim; mas tudo isso era torneado com tanta alegria e tanta graça que acolhi da melhor vontade o pensamento a que ele me queria conduzir, tanto mais que realmente tinha

grande estima pelo seu gênio; no entanto, instei infatigavelmente com ele para que renunciasse às suas divagações .... Respondi-lhe amigavelmente e, como ele reclamava a mais íntima das uniões, segundo dava a entender o estranho título daquelas folhas, a partir de então comuniquei-lhe todos os meus trabalhos já terminados ou em projeto. Em troca ele enviou um após outro os seus manuscritos, *O governador*, *O novo Menoza*, *Os soldados*, as *Comédias imitadas de Plauto* e a tradução da peça de Shakespeare que acrescentou como suplemento às suas *Observações sobre o teatro*.[12]

A relação entre Lenz e Goethe se deteriorou durante a estada do primeiro em Weimar. Em 1776, pouco antes de ser nomeado conselheiro pelo duque, o próprio Goethe tinha convidado seu colaborador do período pré-romântico para visitá-lo, mas a incapacidade de adaptação de Lenz acabou por torná-lo malvisto pela corte. Suas gafes eram contadas como anedotas, e sua presença na cidade incomodava o autor do *Werther*, nessa época em que ele se afastava dos arroubos juvenis do Sturm und Drang. O diário de Goethe registra, no dia 26 de novembro, uma "burrada de Lenz", que já tinha sido chamado de "monstrinho" numa carta do escritor a Charlotte von Stein. Pouco tempo depois, Goethe solicitou ao duque que seu antigo convidado fosse expulso de Weimar, em função de um incidente não mencionado.[13]

As *Notas sobre o teatro* foram escritas no período de juventude e de colaboração com Goethe, e serviram de prefácio à adaptação de Lenz para a peça de Shakespeare *Trabalhos de amor perdidos*. Segundo seu autor, embora publicado em 1774, o texto introdutório fora lido dois anos antes numa reunião em Estrasburgo, mesma cidade onde Goethe tinha vivido, de

1770 a 1771, conhecido Herder e "descoberto" Shakespeare. As *Notas* têm muito em comum com o ensaio de Goethe "Para o dia de Shakespeare", principalmente quanto à intensidade de sua luta contra as regras do Classicismo francês na busca pela fundamentação do gosto e do teatro nacionais.

Há, no texto de Lenz, repleto de exclamações que demonstram os arroubos típicos do Pré-romantismo, uma extensa discussão a respeito da *Poética* de Aristóteles, analisando tanto a definição de poesia como *imitação*, quanto a concepção específica de tragédia. A versão dessa definição por parte de Lenz diz: "É, pois, a tragédia a imitação de uma *ação*, elevada, completa e importante, numa linguagem agradável e variada, segundo a condição dos personagens da ação e não por meio de um relato."[14] Com base nessas características do gênero trágico, o autor das *Notas* passa a considerar a importância da *fábula* e as regras derivadas de Aristóteles, tendo em vista a diferença entre a tragédia clássica francesa e a obra de Shakespeare.

Embora pareça seguir as indicações de Lessing em sua discussão, Lenz não demonstra o mesmo respeito pela autoridade de Aristóteles e, em alguns momentos, questiona a validade de suas conclusões, em vez de se dirigir apenas contra a interpretação francesa do filósofo grego. "Tenho o maior apreço por Aristóteles, mas não por sua barba...", afirma o autor, no tom algo irônico de suas notas, para depois chamar a *Poética* de "manual de equitação poética". À autoridade de Aristóteles, o texto opõe justamente a originalidade dos gênios, elaborando assim a noção fundamental para a teoria a respeito de Shakespeare e da criação poética no período do Sturm und Drang.

Nas *Notas*, os gênios são definidos como "cérebros que penetram imediatamente e vêem de alto a baixo tudo o que se apresenta a eles", sem se prender à erudição ou à tradição. Para eles, "o conhecimento tem o mesmo valor, a mesma amplitude e a mesma clareza que se tivesse sido adquirido através da intuição ou através dos sentidos reunidos".[15] Por isso, como retomada de outra questão mencionada por Lessing em sua carta sobre o modelo de Shakespeare, é importante destacar a caracterização do artista genial como alguém que prescinde do conhecimento das regras poéticas impostas pela tradição e que, apesar disso, desperta o fascínio do público ou dos leitores.

Indicando sua relação de rivalidade e admiração com Goethe, Lenz menciona seu compatriota como exemplo desse tipo de poeta e comenta que haveria bases shakespearianas no fascínio exercido pelo autor de *Götz von Berlichingen*. O efeito despertado pela obra do jovem Goethe poderia ser devido a um mero acaso, "talvez a um planeta, talvez até mesmo a um cometa", pois "ele [Goethe] não sabia nada de Aristóteles".[16] E o autor acrescenta, a essa avaliação ambígua, a pergunta "que diabo, será que a natureza pediu conselhos a Aristóteles quanto ao gênio?", destacando assim a oposição entre a originalidade do poeta e a fidelidade aos antigos. Em outras palavras, os gênios não precisam conhecer as regras da arte, como Lessing já dissera a respeito de Shakespeare.

Um dos pontos mais marcantes da discussão elaborada por Lenz, pelo qual se percebe também uma clara filiação às questões desenvolvidas por Lessing, é a análise da regra das três unidades, considerada uma "norma tão temível e tão lastimavelmente famosa" graças aos franceses, e que "só causou tanto estardalhaço por ser insignificante". Sobre a *unidade de ação*, Lenz afirma que existe uma diferença entre a maneira como os antigos gregos viam o teatro, com a atenção voltada para a ação, e a maneira moderna, com a atenção voltada para o personagem principal. Ele pergunta então: "Que culpa temos nós se não conseguimos mais encontrar nenhum prazer em ações descosidas e se já estamos velhos para desejar ver um todo?"; ou ainda: "Que culpa temos nós se queremos ver homens onde eles só viam o destino inexorável e seus misteriosos influxos?" – ressaltando as diferenças entre antigos e modernos.[17]

Quanto à *unidade de lugar*, o autor das *Notas* aponta que se trata, no fundo, de uma "unidade de coro", pois no teatro grego os personagens aparecem como que cumprindo os desígnios do destino anunciados pelo coro. Por isso, tudo convergiria necessariamente para um mesmo lugar, simplesmente o local em que o coro se encontra, de modo a justificar o fato de se reunirem ali as pessoas necessárias para o desenvolvimento da trama.

Já a *unidade de tempo* estabeleceria a diferença essencial entre a tragédia e a epopéia, uma vez que Aristóteles afirma, em trecho do fim do quinto capítulo da *Poética* citado por Lenz:

> A epopéia e a tragédia concordam somente em serem, ambas, imitações de homens superiores, em verso; mas difere a epopéia da tragédia pelo seu metro único e a forma narrativa. E também na extensão, porque a tragédia procura, o mais que é possível, caber dentro de um período do sol, ou pouco excedê-lo, porém a epopéia não tem limite de tempo...

Essa diferença formal é, segundo o autor das *Notas*, apenas uma conseqüência da diferença entre a "representação", na tragédia, e a "narração", na epopéia. A imitação de uma ação que se passa num só dia é mais adequada à montagem das peças gregas, restrita a algumas horas, enquanto a forma narrativa pode se desdobrar e se estender sem tal preocupação. Mas, para Lenz, se a ação representada exigisse tempo mais longo, como ocorre com peças modernas, não haveria necessidade de se manter fiel à unidade de tempo. Assim, o rigor da regra apenas limita, força o autor a restringir sua criação e, quando aplicado a obras modernas, não respeita as diferenças do teatro dessa época em relação ao antigo.

Seria justamente este o problema dos franceses: "Eles levaram as regras a um ponto tal que qualquer homem, em sã consciência, se angustia diante delas. Em nenhum lugar do mundo existem pessoas que observem de forma mais obsessiva as três unidades."[18] Assim, a excessiva fidelidade às regras, muito maior do que a dos próprios gregos, teria levado os autores franceses a uma repetição insuportável, sem a menor naturalidade. Nas tragédias, "seus heróis, heroínas, burgueses, burguesas têm todos o mesmo rosto e a mesma forma de pensar, do que resulta uma grande uniformidade na ação". Já nas comédias, "alguns traços caricaturais isolados não chegam sequer a esboçar caracteres". Por isso, o autor das *Notas* afirma ter encontrado, nas peças clássicas, "tanta semelhança com a natureza quanto nos participantes de um baile de máscaras".

Em contraposição ao Classicismo desenvolvido na França, Shakespeare é mencionado como um dos grandes gênios que "já consideravam o teatro segundo seu próprio ponto de vista, não sob o prisma de Aristóteles". Para demonstrar isso, Lenz faz uma comparação entre as peças *Júlio César*, de Shakespeare, e *A morte de César*, de Voltaire, ressaltando a superioridade das soluções e a naturalidade do dramaturgo inglês. Essa comparação se baseia na contestação da aparente superioridade do teatro clássico francês, do ponto de vista formal, e na demonstração de que a sua suposta perfeição é destituída de substância. Sem ser fiel às regras, Shakespeare alcançaria o máximo de emoção: "Roma não chorou por César como o fez Shakespeare."

Herder e o pensamento histórico

Johann Gottfried Herder, o grande nome por trás das teorias defendidas na época do Sturm und Drang, autor de *Idéias sobre a filosofia da história da humanidade*, foi uma espécie de mentor para Goethe e durante algum tempo permaneceu como um de seus principais interlocutores no campo da filosofia e da teoria da arte. Especialmente as idéias de Herder sobre Shakespeare e a valorização do teatro nacional autenticamente alemão foram fundamentais para Goethe, como ele próprio reconheceu em suas memórias, escritas já no período de maturidade da sua produção literária.

Embora tenha partido, em grande medida, das considerações de Lessing, Herder não estava especialmente interessado, como seu precursor, em reconciliar Shakespeare com o cânone aristotélico. Justamente essa reconciliação, ou a tentativa de "salvar" o dramaturgo inglês, é uma das posturas criticadas por ele. Seu ensaio sobre Shakespeare, publicado em 1773, considera a relação entre a poesia dramática moderna e a antiga a partir da filosofia da história, mostrando como a intenção de copiar os parâmetros de uma época passada, atribuída ao Classicismo francês, constitui um contra-senso. Segundo esse argumento, o caminho de Shakespeare precisa ser diferente daquele que orienta a criação artística de Sófocles, mas é justamente por respeitar essa diferença, de caráter histórico, que o poeta inglês consegue atingir o mesmo fim, do ponto de vista dramático.

O ensaio "Shakespeare" tem início com a constatação de que, naquela época (final do século XVIII), uma grande biblioteca já tinha sido escrita sobre o autor em questão, incluindo diversas manifestações contra ou a favor dele. Essa observação demonstra que Herder se ocupara longamente com o assunto e conhecia os comentários de seus precursores franceses, ingleses e alemães. No entanto, o propósito do escritor não era o de aumentar tal biblioteca, ou seja, o de tomar uma posição a mais, contra ou a favor, mas o de revelar um novo entendimento a respeito da questão debatida por tantos outros. Toda a sua argumentação se baseia, então, numa análise do surgimento da arte dramática na Grécia antiga, com o intuito de mostrar que ela é fruto de condições históricas e sociais distintas das modernas ou, mais especificamente, já que está em jogo também o caráter nacional, é fruto das condições do norte da Europa após a Idade Média:

> Na Grécia surgiu o drama de um modo que não poderia ser o do Norte. Veio a ser na Grécia o que não poderia ser no Norte. Razão por que no Norte não é nem poderia ser o que foi na Grécia. Conseqüentemente o drama de Sófocles e o de Shakespeare são duas coisas que, em certo sentido, mal têm em comum o nome.[19]

Segundo a tese defendida por Herder, o fato de os termos "tragédia", "comédia" e "drama" serem de origem grega não justifica que as obras de arte desses gêneros tenham, necessariamente, a mesma forma que as caracterizava na Antigüidade. As especificidades do teatro grego, como a "simplicidade da fábula", a "sobriedade dos costumes" e a "unidade de lugar e de tempo" derivariam, assim, das condições de surgimento desse teatro. Segundo o autor, numa importante contribuição para os estudos helenistas alemães, a tragédia grega surgiu da improvisação do ditirambo, da dança mímica, e especialmente do coro, base a partir da qual se desenvolveram as inovações de Ésquilo (dois personagens contracenando, além do coro) e Sófocles (terceiro personagem e cenografia).[20]

Herder procura esclarecer cada uma das características da tragédia antiga, inclusive a tão discutida noção das três unidades, considerada uma norma nas poéticas tradicionais. Assim, a *simplicidade da fábula* resultaria da *unidade da ação* que era natural para os gregos, ou seja, "segundo as circunstâncias de seu tempo, pátria, religião, costumes",[21] uma peça grega era composta como um todo único. A *unidade de lugar* dizia respeito ao fato de essa ação única e curta ocorrer em apenas um local, no templo ou no palácio. O próprio coro justificava a convergência da ação num determinado local, pois a sucessão de cenas não deixava de ser o desdobramento de uma única cena, daquela cena original que o coro representava. Já a *unidade de tempo* seria uma conseqüência inevitável das outras duas, uma limitação imposta pela representação de uma ação com começo, meio e fim, num mesmo lugar. Portanto, as unidades eram conseqüências das condições que se impunham naturalmente, segundo o espírito nacional e histórico, pela maneira como o teatro grego surgiu.

Com base nessa análise do teatro grego, Shakespeare é considerado um poeta moderno e nórdico, numa comparação que ressalta não só a diferença entre as épocas e os povos, mas também as conseqüências dessa diferença para a estrutura das obras. Nesse caso, as regras deixam de ter o caráter atemporal que lhes é atribuído pela tradição das poéticas normativas. Desse modo, é possível compreender, como constata Anatol Rosenfeld em seu comentário ao texto de Herder, que "a estrutura diversa da obra de Shakespeare é, por sua vez, resultado de condições inteiramente diversas. O tratamento livre de espaço e tempo faz parte da unidade orgânica de sua obra".[22]

Enquanto o poeta grego tinha como ponto de partida a unidade dos mitos, o coro e o ditirambo, o poeta moderno parte de uma grande variedade histórica, com diversos povos, dialetos e influências. Logo, os caminhos tomados por Sófocles e por Shakespeare, os maiores nomes da poesia de suas respectivas épocas, precisavam ser diferentes, ou mesmo opostos, para tornar possível a criação de obras de arte próprias a cada circunstância. Herder considera, de acordo com essa conclusão, que a exigência de simplificação, segundo as normas de um teatro rigoroso, baseado na imitação da forma grega, incorreria na falta de compreensão da história e da arte.

Para o autor do ensaio, quando se analisa o caso dos gregos, constata-se que as regras da arte não eram artificiais, mas derivadas da própria natureza cultural. Assim, ele conclui: "A arte dos poetas gregos trilhou justamente o caminho oposto àquele que hoje nos querem impingir aos gritos. Esses poetas, creio, não *simplificaram* e sim multiplicaram." E Herder procura demonstrar o desenvolvimento dessa diversificação, de "Ésquilo em relação ao coro, Sófocles em relação a Ésquilo", a partir do ponto de partida uno e simples constituído pelo mito. Em outras palavras, "jamais a arte de fazer do múltiplo o simples, mas antes a de transformar o simples em múltiplo...". A dificuldade seria justamente desdobrar a ação em início, meio e fim, tendo em vista o ponto de partida único e completo do mito, expresso pelo coro no ditirambo. De modo que a riqueza da arte de Sófocles seria a de criar, a partir de tal unidade, "um belo labirinto de cenas, em que, no mais intrincado lugar do labirinto, o seu maior cuidado estava em dar aos espectadores a ilusão da unidade anterior".[23]

Ao considerar brevemente o pensamento de Aristóteles, Herder chama a atenção para o fato de ele "afirmar expressamente" que os parâmetros de duração - com isso também o modo, o tempo e o espaço - "não podem ser determinados por quaisquer regras". Nesse caso, concorda com a posição de Lessing, para quem as regras derivadas de Aristóteles pelo Classicismo francês na verdade não foram formuladas pelo filósofo grego. Por isso, anunciando sua crítica aos clássicos franceses, Herder exclama: "Ah se Aristóteles tornasse à vida e visse o uso falso e paradoxal de suas regras aplicadas a peças completamente diversas!" Embora elogie a beleza da forma alcançada pela tragédia clássica francesa, o autor considera que se trata de uma beleza artificial, enquanto a arte grega se mostra como uma criação natural. Com base na comparação entre a poesia clássica e a classicista, a questão é a possibilidade de ir além da precisão formal alcançada por Corneille, Racine e Voltaire de acordo com os princípios da peça rigorosa.

A mera cópia da estrutura formal de uma outra época é cega para as mudanças históricas, para as condições atuais de compreensão da obra e para as exigências atuais do público. Pois, dado que "tudo no mundo se modifica, também teve de se modificar a natureza que foi o que propriamente criou o drama grego". Se, como Herder constata, "transformou-se a situação mundial, modificaram-se os costumes, a posição das repúblicas, a tradição da era heróica, a crença, mesmo a música, a expressão, o grau de ilusão", por que fazer um teatro preso à forma grega?

A esse problema histórico acrescenta-se a retomada da valorização do efeito, já defendida por Lessing. Pois a tentativa de ser fiel àquela forma antiga teria levado os franceses a uma produção dramática que, justamente por seu anacronismo, não atingiria o efeito das obras gregas. Segundo Herder, ser igual a Sófocles, no sentido de copiar sua forma, não significa ser fiel aos princípios que deram origem à obra do tragediógrafo grego. Ser igual, nesse sentido, é ser como um "boneco", ao qual faltam "espírito, vida, natureza, verdade: por conseguinte faltam todos os elementos da comoção, faltam pois o fim e a realização do fim..."[24] Assim, a questão de Herder era saber:

> ... se uma imitação semicorreta de épocas, costumes e ações estranhos, com o precioso fim de torná-los capazes e semelhantes a uma representação de duas horas sobre um tablado, tem algo igual ou até superior a uma criação que fora, de certa forma, a mais alta natureza pátria?

Em resposta, ele conclui sua crítica ao Classicismo com a constatação de que todo o drama francês se converteu numa coleção de belos versos, sentenças e sentimentos – mas o grande Sófocles permanece o que era antes, num patamar que o teatro clássico não alcança. Com essa constatação, prepara-se o terreno para a proposta de uma equiparação entre o poeta antigo, não alcançado em sua grandeza pelos tragediógrafos classicistas, e o grande gênio moderno de Shakespeare.

Após concluir os argumentos de sua crítica aos franceses, Herder procura mostrar a possibilidade de um povo inventar seu próprio drama, sem copiar o drama do passado. É nesse ponto de sua argumentação que ele elabora a questão do *gênio* artístico, basicamente retomando uma noção que estava presente na obra de Lessing. Mas a retomada visa, aqui, a defender uma estrutura nova como uma necessidade derivada de condições históricas novas, como demonstram as indagações do autor:

> E se, pois, nessa época feliz ou infelizmente modificada existisse um gênio, que de sua matéria extraísse uma criação dramática tão natural, grande e original como os gregos fizeram com a sua; e se essa criação, justamente pelos caminhos mais diversos, alcançasse o mesmo objetivo ... ?[25]

Esse gênio capaz de criar a partir das circunstâncias históricas do seu tempo, do modo de ser da sua nação, é Shakespeare. Tendo um ponto de partida inteiramente diferente do grego, sua obra precisa ter também uma estrutura diferente, uma forma que não surge do ditirambo e do coro, mas das farsas medievais e do teatro de marionetes. Com isso, em Shakespeare, tudo é distante dos gregos: a história, a tradição, os costumes, a religião, o espírito do tempo, do povo, da comoção, da língua. Mais do que qualquer outro autor, é o poeta inglês quem satisfaz a exigência de espírito local e histórico que constitui a base da argumentação de Herder. “Shakespeare não deparou com nenhum coro; e sim com representações de grandes feitos e de teatros de fantoches. Pois bem! O que fez foi plasmar, à base dessa tão má argila, a magnífica criação que ante nós se ergue e vive!”

Assim, não faria nenhum sentido condenar o tipo moderno de drama por ser diferente do antigo. Sua essência, virtude e perfeição se baseiam no fato de ele não ser o antigo: uma planta diferente cresceu do solo fértil da época. Por isso, segundo os argumentos de Herder, Shakespeare pode ser considerado "o novo Sófocles", o gênio que seria louvado por Aristóteles caso ele voltasse à vida, em contraposição aos clássicos franceses que, em sua tentativa de copiar a arte grega, não respeitaram nem as mudanças do tempo nem o caráter nacional. A equiparação ressalta a universalidade atingida por cada autor a partir das condições específicas de sua época.

Como comenta Márcio Suzuki, fazendo referência à nova avaliação do dramaturgo, em comparação com aquela feita pelos teóricos classicistas, "a confusão shakespeariana está, enfim justificada: Shakespeare é um verdadeiro 'deus dramático' que desfaz o aparato teatral e suprime as leis do tempo, espaço e ação para mostrar como são verdadeiramente os homens..."[26] Assim, de acordo com Herder, ao contrário dos gregos, o dramaturgo inglês não encontrou nenhum caráter simples do povo e da pátria, mas uma variedade de situações, modos de vida, mentalidades, povos e dialetos. Por isso, ele criou poeticamente situações e homens, povos e dialetos, rei e bobos, fazendo dessas situações um todo perfeito. Se não encontrou um espírito simples da história, da fábula, da ação, tomou a história como a encontrou, e a reuniu com espírito criativo.

Essa capacidade de, "justamente de matéria contrária e através de uma elaboração totalmente diversa, produzir o mesmo efeito" leva o autor a retomar o tema do *gênio original*, definido nesse contexto como *um ser mortal dotado de força divina*. O efeito produzido pelas tragédias de Shakespeare, como já argumentara Lessing, é medo e compaixão, ou seja, consiste nas emoções que Aristóteles define como sendo próprias do gênero trágico, mas o caminho trilhado para chegar a esse efeito é outro. Na concepção de Herder, essa mudança só pode ser explicada pela noção de que o gênio "é mais que filosofia", pois não surgiria um drama novo se a tarefa fosse deixada para os filósofos, ou seja, para os eruditos, para os conhecedores da tradição, para os comentadores e estudiosos de Aristóteles que ficam presos às suas análises como se elas fossem normas. É a originalidade da criação artística que o autor valoriza: "O novo, o primacial, o de todo diverso mostra a força inata de sua vocação".[27]

Herder afirma ainda que se sente mais próximo de Shakespeare do que dos gregos, não só historicamente, mas também porque o dramaturgo inglês nos apresenta "homens do Norte". É essa noção que justifica uma identificação entre o caráter nacional inglês e o alemão. "Quem poderia imaginar um poeta maior do que ele para o povo do Norte e para este período da história?", o autor do ensaio se pergunta. A própria natureza nórdica e o caráter dos homens de seu tempo se fariam presentes no palco, de modo grande e profundo. Por isso, como Lessing já havia argumentado, Shakespeare deveria ser o modelo para o teatro nacional alemão, que procurava seu caminho ainda sob o jugo da influência francesa.

Após alguns comentários elogiosos às tragédias *Rei Lear*, *Macbeth* e *Otelo*, Herder retorna à idéia, tão cara aos pré-românticos, de que Shakespeare é irmão de Sófocles. Em seu texto, especificamente, a idéia ganha um sentido histórico, segundo a noção de que ambos são fiéis à natureza do seu povo e de seu tempo. Nesse caso, no lugar da oposição entre antigo e moderno, surge a oposição entre o caráter artificial e o natural, ou seja, entre a criação artística mecânica, baseada em regras frias – caráter que Herder identifica nos franceses –, e a criação que surge do elemento nacional e histórico próprio – tal como identificada em Sófocles e Shakespeare. Para reforçar essa oposição, na conclusão do ensaio, o elogio ao gênio do poeta inglês lhe atribui a capacidade de revelar o destino humano e o acontecer histórico, numa criação que ultrapassa todos os limites das regras e as separações de gêneros.

-3-

O gênio moderno

Consideração sobre o Romantismo

Sem a pretensão de investigar detalhadamente um assunto tão extenso e complexo como a teoria romântica sobre o gênio, esta consideração visa apenas a indicar um percurso que mostre a importância de Shakespeare em fases do movimento romântico.[1] Nesse caso, a indicação pode servir como parâmetro comparativo para que se compreenda melhor a avaliação do dramaturgo por parte de Schiller e de Goethe.

Existe uma continuidade entre a posição a respeito de Shakespeare dos autores pré-românticos e a dos escritores ligados ao movimento romântico propriamente dito. Os poetas e críticos alemães que fizeram parte da primeira geração do Romantismo produziram diversos ensaios de crítica literária sobre o dramaturgo, além de uma nova e mais completa tradução de suas obras para o alemão. Posteriormente, quando as tendências do primeiro movimento romântico foram transmitidas aos franceses, elas constituíram a base para uma batalha contra os cânones clássicos da poesia e do teatro no próprio país de Corneille e Racine. Desse modo, grandes nomes da poesia romântica francesa, como Victor Hugo e Alfred de Vigny, herdaram o culto ao gênio anticlássico de Shakespeare, tematizado por Herder, Lenz e Goethe no contexto do Sturm und Drang.

O Romantismo alemão teve como primeiro centro a cidade de Iena, na qual os irmãos Schlegel fundaram a revista *Athenäum* ainda no final do século XVIII, em competição com a *Horen*, de Schiller, associada ao Classicismo de Weimar. Johann Gottlieb Fichte, professor de filosofia em Iena naquela época, foi uma das principais influências para os poetas que começavam a combater a tendência clássica da literatura de Goethe e Schiller. Em "Conversa sobre a poesia", texto publicado na *Athenäum* em 1800, o poeta e crítico literário Friedrich Schlegel indica a proposta de incorporar as referências de autores do passado ao movimento romântico, estabelecendo uma linhagem da qual esse movimento se originaria. É segundo esse projeto de construir uma tradição que ele aponta os sinais precursores do Romantismo na obra de Shakespeare. O mesmo procedimento é adotado, por exemplo, em relação a Goethe, reconhecido como um autor "romântico" apesar das posições defendidas contra o Romantismo.

Ao tratar das "épocas da arte poética", Schlegel comenta brevemente o itinerário da obra do dramaturgo inglês, desde as primeiras peças, "incompletas e sem perspectiva, mas profundas, grandiosas e cheias de engenho", até o período de maturidade.[2] Desta fase o autor destaca as novelas nas quais Shakespeare se baseava para escrever suas peças, textos "que ele remodelou para o palco com profunda engenhosidade, reconstruiu e dramatizou de maneira fantasticamente atrativa, numa escala nunca antes alcançada". A breve descrição desse itinerário, comparado a um processo orgânico de amadurecimento, é concluída chamando a atenção para o espírito e o fundamento presentes na obra de Shakespeare:

Essa maturação refluiu também para as peças históricas, dando-lhes a plenitude, encanto e espirituosidade, sendo todos os seus dramas insuflados pelo espírito romântico que, unido à grande profundidade, os marca de forma característica, deles fazendo um fundamento romântico do drama moderno que durará por toda a eternidade.

August Wilhelm Schlegel também discutiu as bases para a interpretação romântica de Shakespeare em suas preleções *Sobre literatura e arte dramática*, que foram ministradas em Berlim a partir de 1801. Assim como o texto de seu irmão Friedrich, essas preleções procuram incorporar ao conceito de romântico a obra de Shakespeare, ressaltando a oposição entre ela e as obras dos autores considerados "clássicos". Além disso, August Schlegel traduziu 13 peças do dramaturgo entre 1797 e 1810, e posteriormente outro poeta romântico, Ludwig Tieck, completou essa tradução em verso. O resultado obtido por eles é muito superior ao do trabalho de Wieland, como comenta Otto Maria Carpeaux em sua história da literatura alemã:

> ... talvez seja a melhor tradução de qualquer poeta que existe em qualquer língua: é inteiramente fiel ao original inglês e, no entanto, uma criação poética original em língua alemã; é mesmo, depois da Bíblia de Lutero, o mais importante marco na evolução da língua literária alemã. Conseguiu incorporar Shakespeare totalmente à literatura dos alemães.[3]

August Schlegel contribuiu igualmente para a transmissão das tendências românticas alemãs à França, como colaborador de Madame de Staël, cuja obra *De l'Allemagne* influenciou em grande medida o intercâmbio cultural entre os dois países naquele período. Um dos traços mais marcantes que se mantiveram na elaboração francesa do movimento romântico, em comparação com as idéias de seus precursores alemães, foi justamente a oposição entre Shakespeare e a tragédia clássica. Assim, também na França do século XIX o poeta inglês seria o modelo usado para combater o Classicismo, numa fase em que o teatro rigoroso de Racine e Corneille ainda definia os parâmetros da dramaturgia nacional.

Um dos momentos mais marcantes do conflito entre clássicos e românticos na França foi a estréia da peça *Hernani*, de Victor Hugo, em 1830, dois anos depois do êxito de uma companhia inglesa que apresentara peças de Shakespeare em Paris. A peça de Victor Hugo obteve grande sucesso, apesar de contrariar os cânones da dramaturgia clássica, e o entusiasmo de seu autor por Shakespeare o levou a chamá-lo de "o maior criador depois de Deus" e a defender calorosamente, em seu "Prefácio a Cromwell", a noção de gênio como justificativa para o projeto romântico: "Em nome da verdade, todas as regras são abolidas."[4]

No longo ensaio que escreveu sobre Shakespeare, Victor Hugo define o gênio do dramaturgo como um promontório para o infinito, um acesso que permite viajar por águas ilimitadas, ver de perto o vôo das águias, lançar a nossa humanidade no rumor eterno, penetrar o impenetrável.[5] Na seção "Os gênios", o autor compara Shakespeare a Homero, Ésquilo, Rabelais, Dante, Cervantes, entre outros nomes que compõem uma "dinastia de gênios", soma do absoluto realizável ao homem. Ainda nesse mesmo ensaio, na seção dedicada especificamente ao gênio do dramaturgo inglês, ele afirma: "Shakespeare é a fertilidade, a força, a exuberância ... , o copo transbordante, a seiva do excesso, a lava em torrente, a germinação em turbilhões, a vasta chuva da vida ... , a prodigalidade insensata e tranqüila do criador."[6] Para Hugo, enquanto Homero marca, na Antigüidade, o fim da Ásia e o começo da Europa, Shakespeare marca o fim da Idade Média e a força criativa que surge num momento crítico para a humanidade, inaugurando a época moderna.

Também Stendhal analisa a originalidade do poeta inglês e retoma elementos da discussão sobre os antigos e os modernos em seu ensaio "Racine e Shakespeare", de 1823, ano em que os autores românticos já tinham conseguido algumas vitórias no teatro francês, mas o conservadorismo de base classicista ainda predominava. O autor de *O vermelho e o negro* e *A cartuxa de Parma* pergunta: "Para escrever tragédias que possam interessar o público em 1823 é necessário seguir os passos de Racine ou os de Shakespeare?" Em seguida, numa definição de seu público leitor, afirma: "Dirijo-me sem receio algum a essa juventude perdida que acreditou ser patriotismo e honra nacional vaiar Shakespeare por ser inglês."[7]

O debate em torno de Shakespeare e Racine se resumia, para o romancista, em saber se a obediência às unidades de lugar e de tempo leva ou não a peças que interessam vivamente aos espectadores da época. Stendhal critica a obediência de regras como a das três unidades, característica que afirma ser um mau hábito francês profundamente enraizado, ao narrar o suposto diálogo entre um Acadêmico e um Romântico. Nessa conversa, o segundo interlocutor argumenta, por exemplo, que "na Inglaterra, há dois séculos; na Alemanha, há 50 anos, escrevem-se tragédias cuja ação dura meses inteiros, e a imaginação dos espectadores a isso se presta muito bem". Ao combater as regras rígidas do teatro francês, o ensaio faz a defesa do Romantismo como um movimento artístico autêntico de sua época, contra o Classicismo acadêmico.

Em lugar de uma subserviência aos rigores da poética clássica, o efeito obtido por Shakespeare em suas peças, sem seguir a regra das três unidades, deveria ser imitado pelos dramaturgos do século XIX. Stendhal argumenta, contra a unidade de tempo:

> É interessante, é *belo* ver Otelo, tão terno no primeiro ato, matar sua mulher no quinto. Se essa transformação ocorre em trinta e seis horas, é absurda e desprezo Otelo. Macbeth, homem honrado no primeiro ato, seduzido por sua mulher, assassina seu benfeitor e rei e se torna um monstro sanguinário ... essas mudanças de sentimentos no coração humano são o que a poesia pode oferecer de mais admirável aos olhos dos homens, aos quais ela comove e ao mesmo tempo instrui.[8]

A proposta de Shakespeare como modelo, defendida pelo autor do ensaio, era a mesma dos alemães desde o Pré-romantismo, quando discutiam a referência para formar seu teatro nacional. No entanto, embora siga muitas das idéias herdadas da Alemanha, Stendhal tem uma postura nacionalista e exige que a nova tragédia francesa rejeite a "balbúrdia alemã que hoje muita gente chama de romântica". Como que para justificar sua polêmica com o país vizinho, ele em seguida critica Schiller, um dos maiores nomes da dramaturgia alemã moderna, que teria *copiado* Shakespeare e sua retórica, mas sem ter "coragem de apresentar a seus compatriotas a tragédia exigida pelos seus costumes".

Assim como os alemães pré-românticos procuraram se livrar do domínio do gosto clássico francês, Stendhal tentava evitar que a defesa do Romantismo fosse moldada pelos autores da Alemanha. Mas é importante notar que o escritor a quem ele dirigiu sua crítica não foi um defensor incondicional de Shakespeare, como Lenz, por exemplo, nem um crítico contundente do Classicismo francês, como Herder. A posição de Schiller na verdade era ambivalente, por mais que suas primeiras peças tenham sido claramente marcadas pelas tendências shakespearianas defendidas no Pré-romantismo.

Schiller crítico de Shakespeare

Friedrich Schiller leu Shakespeare pela primeira vez aos 16 anos, estimulado por um dos seus professores da Academia Militar de Stuttgart, onde estudou em 1775 e 1776. O escritor se refere a esse primeiro contato com a obra do dramaturgo inglês em *Poesia ingênua e sentimental*, sua última obra teórica no campo da filosofia da arte, escrita na última década do século XVIII. Nesse livro, são retomadas algumas das concepções discutidas antes por Lessing e pelos mais importantes teóricos do período do Sturm und Drang, em especial a questão da diferença entre a arte antiga e a moderna. No entanto, Schiller elabora essas concepções de modo original, segundo uma nova terminologia, que acabaria por influenciar a distinção entre clássico e romântico feita pelos escritores ligados ao Romantismo.

Embora tenha sido bastante marcado, em suas primeiras peças, pela proposta de seguir o modelo shakespeariano, a reação inicial de Schiller à leitura das peças de Shakespeare foi, segundo a descrição do próprio autor, muito menos calorosa do que a de seus contemporâneos do Sturm und Drang. Para esclarecer a maneira como ele descreve essa reação, é preciso relacioná-la com os temas discutidos no livro em que ela aparece. O tema principal do ensaio *Poesia ingênua e sentimental* é a caracterização de dois modos de criação artística em sua relação com a natureza. Basicamente, há "duas maneiras poéticas de criar completamente distintas, mediante as quais se esgota e mede todo o domínio da poesia".[9] Numa delas, denominada *ingênua* pelo autor, o poeta *é* natureza; na outra, a *sentimental*, ele *busca* a natureza perdida. É de acordo com esses termos que a oposição entre antigo e moderno e entre clássico e romântico é definida, de modo a ser pensada a partir de uma perspectiva própria.

A contextualização histórica da reflexão de Schiller sobre a poesia pode remeter ao pensamento de Herder, pois a caracterização do poeta *ingênuo* e do *sentimental* diz respeito também à época em que suas obras florescem e às condições que exercem influências sobre eles. No entanto, o ensaio não subordina a sua reflexão sobre os modos do fazer poético, ingênuo e sentimental, à diferença entre antigos e modernos, ou seja, apenas a uma separação histórica. Embora a poesia ingênua caracterize melhor o modo de criar dos poetas da Antigüidade, e a poesia sentimental seja considerada essencialmente moderna, também existem poetas ingênuos modernos, por exemplo, ou traços sentimentais em poetas antigos. A diferença está no procedimento reflexivo do caráter sentimental, que busca a natureza perdida e segue o impulso de restabelecer a sua unidade, enquanto o poeta ingênuo cria como a própria natureza, sem refletir, apenas descrevendo o que há diante dele.

Uma noção fundamental para entender a poesia ingênua é a noção de *gênio*, considerada expressão da proximidade ou harmonia com a natureza, sem intermediação do pensamento reflexivo. Nesse caso, a noção de gênio está ligada, para Schiller, à definição da poesia ingênua, como ele afirma expressamente: "Todo verdadeiro gênio tem de ser ingênuo, ou não é gênio. Apenas sua ingenuidade o torna gênio..."[10] Nesse sentido, o autor esclarece, a partir dessa caracterização associada ao ingênuo, a definição do gênio como artista que não segue as regras da arte. Em outras palavras, um artista se legitima como gênio justamente por "triunfar sobre a arte complexa", por criar uma obra que não parece fruto de sua habilidade técnica, mas tem uma espontaneidade como a das coisas geradas pela natureza. O gênio "não procede segundo princípios conhecidos, mas segundo inspirações e sentimentos; suas inspirações, porém, são estros de um deus ... , e seus sentimentos são leis para todos os tempos e todas as estirpes humanas", afirma Schiller, numa formulação que pode resumir a concepção pré-romântica do talento artístico. De acordo com essa concepção, o gênio se caracteriza em oposição à aplicação de regras preestabelecidas, "essas muletas da fraqueza e mentoras do erro". O poeta que *é* natureza, guiado pelo instinto, "tem de solucionar as tarefas mais complexas com despretensiosa simplicidade e desembaraço: o ovo de Colombo serve para toda decisão genial".

É exatamente como gênio do tipo ingênuo que surge o nome de Shakespeare, no exemplo dado pelo autor para avaliar sua própria reação à leitura do tipo de poesia assim caracterizado. No entanto, a posição apresentada nesse contexto está muito distante da veneração dos demais teóricos do Pré-romantismo e, além disso, não está ligada diretamente à contestação dos parâmetros do Classicismo francês. Shakespeare é citado ao lado de Homero, "duas naturezas sumamente distintas e separadas pela imensurável distância entre as épocas, mas de todo iguais nesse traço de caráter". O traço em comum é o do poeta que "foge do coração que o busca, do desejo que quer envolvê-lo", de modo que "a seca verdade com que trata o objeto aparece não raro como insensibilidade".

Por essa característica, ou seja, pela relação tão direta com a natureza que dá a impressão de insensibilidade no campo sentimental, Schiller conta que, ao travar contato pela primeira vez com o poeta inglês, indignava-se por sua frieza, que lhe permitia interromper com gracejos de um bufão as cenas mais elevadas de suas tragédias. Educado pela leitura de poetas modernos, sentimentais, considerava insuportável que "o poeta não se deixasse apreender em parte alguma e, em parte alguma, quisesse prestar contas" ao leitor. Segundo sua explicação, Schiller ainda não era capaz de entender uma poesia sem reflexão, "de entender a natureza em primeira mão", pois "só podia suportar sua imagem refletida pelo entendimento e ajustada pela regra".[11]

Num dos ensaios que escreveu sobre a arte trágica, Schiller também havia se manifestado a respeito de Shakespeare num tom bem menos laudatório do que o de seus contemporâneos pré-românticos. No texto intitulado "Acerca da arte trágica", de 1792, ele faz críticas ao *Rei Lear* por enfraquecer a compaixão do espectador: "Não é pequeno o prejuízo causado ao nosso interesse pelo infeliz Lear, maltratado por suas ingratas filhas, quando esse ancião infantil entrega com tanta leviandade a sua coroa..."[12] Algumas páginas depois, numa afirmação que soa inteiramente contrária à luta travada por Lessing, Lenz e Herder contra o Classicismo francês, ele considera o *Cid*, de

Corneille, "sem objeção, no que diz respeito à intriga, a obra-prima do palco trágico".

Já no texto escrito como prefácio à sua peça *A noiva de Messina*, de 1803, "Acerca do uso do coro na tragédia", Schiller assumia a mesma posição dos primeiros teóricos do Sturm und Drang. Retomando o debate sobre a lei das três unidades, ele critica o Classicismo francês pela maneira como se apropriou da tradição:

> ... os franceses, que a princípio nada haviam compreendido do espírito dos antigos, introduziram no teatro, de acordo com o sentido mais comum e empírico, uma unidade de lugar e de tempo, como se aí houvesse outro lugar que não o espaço ideal, e outro tempo que não a ininterrupta seqüência da ação.[13]

Assim como fizera Herder, Schiller procura mostrar nesse ensaio que a tragédia grega se originou do coro e, também, que o seu uso era fruto da própria natureza dos gregos, uma vez que as ações e os destinos dos heróis pertenciam ao domínio público, eram mitos conhecidos, há muito tempo recontados e reelaborados na tradição popular. Historicamente, a emancipação do coro na tragédia seria uma conseqüência do fato de que o dramaturgo moderno não o encontra mais na natureza, no modo de ser do público e na relação que ele estabelece com a ação representada. Assim, o autor argumenta a favor de sua tentativa, em *A noiva de Messina*, de fazer uso do coro numa tragédia moderna, justamente porque ressaltaria o caráter de símbolo da montagem teatral. Para Schiller, o coro era como uma muralha viva que isolava a tragédia do mundo real, "preservando o seu terreno ideal e a sua liberdade poética".

O uso do coro por um poeta moderno seria uma tentativa de buscar a natureza perdida, nos termos de *Poesia ingênua e sentimental*, ou seja, de transformar o mundo comum e artificial dos modernos no ideal poético, vivo e natural dos antigos. Ao isolar a reflexão da ação, o coro possibilitaria algo como uma purificação da tragédia, uma introdução do conceito geral - que é objeto da reflexão característica da poesia moderna, sentimental - na própria composição poética. Em todo caso, é preciso considerar que o projeto de reintroduzir o coro na tragédia moderna se restringiu à peça *A noiva de Messina* e foi muito criticado pelos autores da época, como Schlegel, Schelling e Hoffmann. Contudo, as críticas não impediram a repercussão da justificativa teórica desse projeto, já que as idéias defendidas por Schiller foram retomadas posteriormente por outros escritores. Entre eles Nietzsche, que em *O Nascimento da tragédia*, de 1872, ao criticar a concepção de Schlegel, afirma que "uma compreensão infinitamente mais valiosa do significado do coro já nos fora revelada por Schiller no famoso prefácio à *Noiva de Messina*". Para Nietzsche, trata-se de uma luta contra o conceito vulgar do natural, ou seja, da ilusão naturalista exigida no teatro moderno, de modo a restituir à arte trágica o seu caráter ideal e simbólico.[14]

É no contexto de sua reflexão sobre o uso do coro na tragédia, no prefácio da peça *A noiva de Messina*, que Schiller critica os franceses e elogia Shakespeare: "Introduzido na tragédia francesa, o antigo coro a revelaria em toda a sua indigência, destruindo-a; à tragédia de Shakespeare daria, sem dúvida, sua verdadeira significação."[15] Com essa postura, o autor revela seu vínculo com o movimento pré-romântico, embora a teoria da tragédia de Schiller em geral o distancie dos escritores desse movimento e constitua a base teórica do período clássico de sua produção poética, fundada na filosofia kantiana.

O gênio e a arte em Kant

A *Crítica do juízo*, publicada em 1790, foi a principal referência não só para a reflexão sobre a arte elaborada por Schiller, como também para todo o desdobramento da estética filosófica do século XIX. Nas introduções escritas para os *Cursos de estética*, de Hegel, e para a *Filosofia da arte*, de Schelling, por exemplo, evidencia-se a discussão acerca da importância dessa referência da estética kantiana.[16]

No livro de Kant, após as "Analíticas" do belo e do sublime, nos parágrafos sob o título de "Observação geral à exposição dos juízos reflexivos estéticos", encontra-se uma discussão sobre o belo artístico e sobre sua diferença em relação ao belo natural. Essa discussão inclui a definição do *gênio* artístico, que não segue as regras tradicionais da arte, numa retomada da questão central que tinha sido desenvolvida pelos autores alemães ligados ao movimento pré-romântico. Embora a definição, ao contrapor o talento inato dos artistas às normas impostas pela tradição, esteja próxima da noção valorizada por esses autores, Kant faz uma crítica que, mesmo sem citar nomes, aplica-se diretamente ao culto do gênio original no Sturm und Drang. Segundo o filósofo, há "espíritos superficiais" que, para mostrar melhor como são gênios brilhantes, pretendem se desvencilhar da coação acadêmica de todas as regras.[17] Ficou célebre a metáfora que ele usa para ilustrar a pretensão de genialidade por parte dos autores aos quais dirige a sua crítica: "Crêem que se desfila melhor sobre um cavalo desvairado do que sobre um cavalo domado."

Nessa crítica, nota-se que a concepção kantiana do gênio remete em certa medida à tradicional subordinação do talento à orientação de um princípio racional, reivindicada nas poéticas, como a de Horácio e a de Boileau. Mas, ao contrário desses teóricos da poesia, Kant estabelece uma contraposição entre o talento e as regras, indicando assim um paradoxo envolvido na explicação da maneira como se dá a criação artística. O filósofo ressalta diretamente essa diferença de sua concepção, ao afirmar que "não se pode aprender a escrever com engenho, por mais minuciosos que possam ser todos os preceitos da arte poética".

Em resumo, Kant afirma que toda arte pressupõe regras, ou seja, qualquer domínio artístico envolve um conhecimento técnico dos modos de proceder que resultam num determinado produto. No caso das chamadas belas-artes, o resultado deve ser uma obra de arte, que tem como principal característica o fato de ser bela. Contudo, segundo a concepção kantiana, exposta na "Analítica do belo", a beleza não pode ter um conceito previamente definido, ela consiste apenas no sentimento de prazer que se explica pelo livre jogo das faculdades do entendimento e da imaginação.[18]

Mesmo sem entrar em detalhes acerca da "Analítica" e da maneira como o filósofo pensa o belo, é importante ressaltar que sua reflexão sobre a arte e o gênio se baseia numa diferença apontada entre a beleza artística e a beleza natural, ou seja, entre a beleza das obras de arte e a das coisas que se encontram na natureza. Nos dois casos, "belo é aquilo que apraz no mero julgamento", definição que remete às distinções feitas na "Analítica" e que podem ser resumidas pela noção de que o belo não é nem satisfação nem conceito, mas apenas um sentimento de prazer que deve ser explicado sem subordinação a qualquer finalidade. Em contraposição, de acordo com as distinções feitas por Kant, a noção de "bom" está vinculada a algum tipo de utilidade, de adequação: uma coisa é boa porque serve a determinados fins; a noção de "agradável" se subordina igualmente a uma finalidade, porque algo se mostra agradável ao satisfazer um determinado interesse, uma inclinação. Já no caso da contemplação de algo belo, segundo o filósofo, não existe um interesse prévio, nem uma utilidade que possa explicar o prazer sentido.[19]

Essa definição do belo como sentimento de prazer sem conceito constitui o traço comum entre a beleza artística e a natural. No entanto, ao contrário do que ocorre nos objetos belos da natureza, a arte possui sempre uma intenção determinada de produzir algo, de maneira que a coisa bela, quando se trata de uma obra de arte, é resultado de uma determinada intenção e de uma série de procedimentos que têm como finalidade a produção da beleza. Essa comparação leva a uma espécie de paradoxo ou, no mínimo, a uma constatação enigmática: a finalidade no produto da bela-arte, ainda que seja intencional, não deve parecer intencional, isto é, a bela-arte tem de ser considerada natureza, ainda que se tenha consciência dela como arte.[20] Isso porque, nas belas-artes, a mera reprodução de regras estabelecidas não produz uma obra de arte bela. Em outras palavras, há nesse tipo específico de produção artística (que se diferencia por exemplo das artes mecânicas e do entretenimento), uma exigência de originalidade, da qual depende a beleza das obras. Se o artista seguir uma série de regras preestabelecidas, adotando um conceito de como deve ser sua obra, o resultado não será uma coisa bela, mas se ele não seguir nenhuma regra e não tiver nenhuma técnica, deixará de ser um artista. Esse caráter enigmático da criação artística pode ser expresso assim: a bela-arte, para ser bela, não pode ser determinada por regras, contudo ela não pode deixar de ter regras para ser arte.

A solução do enigma, na consideração sobre a arte desenvolvida por Kant, é justamente a noção do *gênio*, definido como uma faculdade produtiva inata do artista, que pertence à natureza e que possibilita a criação da arte segundo regras, sem seguir as regras já estabelecidas. Na conhecida formulação de Kant: "Gênio é o talento (dom natural) que dá a regra à arte", ou " ... gênio é a inata disposição de ânimo (*ingenium*) pela qual a natureza dá regra à arte".[21] Como conseqüência dessa definição, há quatro características envolvidas no gênio artístico: talento e originalidade; produtos exemplares; não saber explicar a própria criação; e restrição à arte. As duas últimas levam o autor a excluir da definição de gênios os grandes cientistas, como, por exemplo, Newton, justamente porque os princípios que eles expõem podem ser explicados e ensinados. O artista, ao contrário, não saberia explicar nem ensinar os seus procedimentos para chegar a uma obra de arte: " ... nenhum Homero ou Wieland pode indicar como suas idéias ricas de fantasia e contudo ao mesmo tempo densas de pensamento surgem e se reúnem em suas cabeças, porque ele mesmo não sabe..."[22]

Mas é nas duas primeiras características que se encontra a questão paradoxal da consideração de Kant sobre o gênio. Por um lado, trata-se de um talento natural que tem como propriedade fundamental a originalidade; nesse sentido "o gênio opõe-se totalmente ao espírito de imitação". Simplesmente repetir algo que já foi feito, de acordo com um conceito previamente estabelecido, não tem como resultado o sentimento de prazer que constitui a beleza, por isso a mera reprodução segundo regras não produz uma obra de arte bela. Por outro lado, uma característica da arte bela é justamente a de que seus produtos têm de ser exemplares, ou seja, modelos que servem de parâmetro para os outros criadores. Não modelos a serem copiados, mas modelos que definem as regras da arte para a posteridade e, com isso, constituem os meios de orientação para que novos artistas, dotados de gênio, criem obras belas originais. O próprio Kant considera difícil explicar esse processo, no qual a arte possui um limite imposto pela impossibilidade de transmissão do talento. Pois o dom natural morre com um determinado artista; portanto, para a evolução da arte, há uma espera de que a natureza dote um outro artista de talento. Em contrapartida, são justamente os modelos das belas-artes que constituem os únicos meios de orientação para transmitir a arte e garantir seu desdobramento na posteridade.

Seria possível falar, assim, de um outro sentido de imitação, que faz parte do processo de criação artística em sua relação com a arte herdada da tradição e com a natureza. Nesse sentido, não se pode reduzir a criação das obras à inspiração concedida pelo talento natural do artista. Há um elemento técnico também, e a inspiração, para se chegar à originalidade, exige um conhecimento das formas e das regras transmitidas pela tradição, pelas obras exemplares de outros gênios que deram regra à arte.

Com isso, Kant ressalta o conteúdo de sua crítica aos autores que cultuam o gênio original, como se o talento e a inspiração fossem os únicos elementos envolvidos nas belas-artes. Segundo o filósofo, "a originalidade do talento constitui um (mas não o único) aspecto essencial do caráter do gênio", de modo que " ... para a bela-arte em sua inteira perfeição requer-se muita ciência, como por exemplo conhecimento das línguas antigas, conhecimento literário de autores que são considerados clássicos, história, conhecimento da Antigüidade etc.".[23] Segundo a definição kantiana, o "caráter do gênio" inclui, assim, além da originalidade, uma série de conhecimentos, pela qual a referência da criação artística produzida no passado se articula como um modelo da tradição não para ser meramente imitado, mas para servir como um meio de orientação.

É o caso de perguntar, portanto, se a proposta de Shakespeare como modelo de gênio original, formulada pelos autores ligados ao Sturm und Drang, não corresponderia à articulação entre originalidade e exemplaridade, defendida por Kant numa crítica dirigida aos exageros desses mesmos autores. Ao pensar a imitação de Shakespeare, no lugar da imitação dos antigos, seguindo a idéia de Lessing, escritores como Herder e Goethe já refletiam sobre uma mudança na própria concepção de "imitação", pois a exemplaridade do poeta moderno dizia respeito justamente ao fato de ele não copiar a forma dos antigos, como fazia o teatro clássico francês. Paradoxalmente, a originalidade era proposta como modelo, em função do efeito produzido pelas obras de arte, contrariando o rigor das regras previamente estabelecidas. Entretanto, como na formulação kantiana, havia uma espera de que a natureza dotasse um artista de talento, para que o modelo shakespeariano pudesse ser seguido.

-4-

Goethe e Shakespeare

Mudança de foco

De acordo com os ideais teóricos do século XVIII na Alemanha, estabelecidos por Winckelmann e Lessing, a arte grega era o modelo a ser seguido pelos pintores e escultores modernos, e Shakespeare era o modelo a ser seguido no teatro. No primeiro caso, indicava-se a via da imitação dos antigos, que depois seria desenvolvida também na literatura, especialmente por Goethe e Schiller no período chamado de Classicismo de Weimar; no segundo caso, a via do Pré-romantismo. No entanto, aqueles ideais teóricos necessitavam de uma criação artística à sua altura, como reconheceu Herder, justamente o grande nome da teoria pré-romântica. Em seu escrito de 1777 sobre Winckelmann, ele afirma:

> ... a teoria do belo mais plena de sentimentos, apresentada com a simplicidade, a dignidade e a força dos antigos, como fez Winckelmann, é apenas um aceno para aquele que deve vir, para o novo Rafael e Michelangelo dos alemães, que crie para nós homens gregos e uma arte grega.[1]

Esse trecho é citado por Peter Szondi, apenas para indicar que, pela perspectiva de Herder, quem realizou o ideal de uma arte nacional vigorosa e autêntica foi um escritor, e não um artista plástico.

No ensaio “Shakespeare”, de 1773, em que a obra do dramaturgo é defendida como modelo para o teatro nacional alemão, Herder já havia identificado Goethe, o jovem autor da peça *Götz von Berlichingen*, publicada no ano anterior, como um gênio alemão à altura do modelo novo que se propunha para as artes. Do mesmo modo que o ensaio sobre Winckelmann, o texto sobre Shakespeare termina com uma referência ao futuro, como o anúncio, em tom algo profético, de um movimento que se inaugurava na Alemanha do final do século XVIII. Herder se dirige pessoalmente ao jovem que conhecera em Estrasburgo, poucos anos antes, referindo-se à peça baseada na história do herói alemão das guerras camponesas Götz von Berlichingen:

> Feliz de mim que ainda vivi no ocaso do tempo em que ... tu, meu amigo, que te reconheces e te sentes a ti nessa leitura, e a quem mais de uma vez abracei diante do seu [de Shakespeare] sacrossanto retrato, tempo em que tu ainda podes ter o sonho doce e digno de ti de reconstruir o seu monumento, em nossa língua, para a nossa pátria tão extraviada, inspirando-te na época dos cavaleiros medievais.[2]

Nesse caso, Herder enxerga na peça de Goethe uma obra emblemática, que estava de acordo com os parâmetros defendidos no seu ensaio. Ele identifica no jovem escritor alemão um realizador do ideal teórico de um teatro shakespeariano, proposto inicialmente por Lessing.

Para Szondi, é como se a poesia pudesse ser colocada no lugar da pintura, e o novo Rafael e Michelangelo dos alemães também fosse incorporado pelo jovem Goethe, segundo a teoria histórica de Herder que se encontra na base do movimento pré-romântico. A promessa de uma arte grandiosa na Alemanha, para a qual Winckelmann havia acenado, teria seu desdobramento na literatura. Nesse sentido, Goethe se tornou, já para os seus contemporâneos, o parâmetro do gênio na poesia alemã, ou, em outras palavras, o Shakespeare alemão.

Mas, do ponto de vista da teoria, Goethe foi também um dos principais responsáveis pela valorização de Shakespeare no Sturm und Drang, e o impacto causado pela leitura do poeta inglês está registrado tanto no ensaio de 1771, "Para o dia de Shakespeare", quanto nas memórias escritas décadas mais tarde, entre 1808 e 1814. No ensaio, Goethe adota um tom laudatório e exaltado como o de Lenz, para se referir à importância de sua descoberta de Shakespeare como um mundo novo que se abria. Já em *Poesia e verdade*, ele conta que seu primeiro contato com as obras que marcaram sua formação literária se deu em Leipzig, por meio da antologia *Beauties of Shakespeare*, de William Dodd. Depois veio a leitura da tradução de Wieland-Eschenburg, na versão em prosa que divulgou as peças entre os jovens alemães daquela geração.[3]

Um novo ensaio sobre Shakespeare foi publicado por Goethe no final de sua vida, em 1826. Trata-se da sua reflexão teórica mais completa acerca da obra do poeta inglês e das diferenças entre os antigos e os modernos. O texto "Shakespeare e o sem fim" analisa a obra do ídolo de juventude de acordo com pontos de vista diversos e chega a fazer críticas à sua dramaturgia. Pela comparação entre os dois ensaios de Goethe, o de 1771 e o de 1826, percebe-se claramente a diferença de perspectiva entre o autor apaixonadamente exaltado do Sturm und Drang e o escritor sóbrio, marcado pelos anos de correspondência com Schiller, pelo estudo dos antigos e pelo empenho em definir e exercitar os diversos gêneros poéticos.

Entretanto, é importante levar em conta, também no caso da valorização de Shakespeare e da justificativa dessa valorização, que muito do pensamento teórico de Goethe se encontra inserido em sua produção artística. No romance *Os anos de aprendizado de Wilhelm Meister*, publicado em 1796, Goethe oferece um panorama da formação de um teatro nacional alemão. A descoberta de Shakespeare pelo protagonista, Wilhelm Meister, contrapõe uma visão nova a respeito do teatro do ponto de vista nacionalista ou ao gosto do Classicismo francês, representados por outros personagens. A incorporação da teoria ao desenvolvimento da narrativa chega a tal ponto, que o autor se manifesta diretamente para anunciar ensaios de sua autoria aos leitores: "Para não interromper demasiadamente nossa narrativa, iremos expor em outra ocasião tais ensaios sobre arte dramática àqueles de nossos leitores que pelo assunto se interessarem."[4]

Por trás das reflexões sobre Shakespeare desenvolvidas nos ensaios e no romance de Goethe, encontra-se o tema fundamental da mudança pela qual passou a teoria da arte na Alemanha de sua época. A questão do gênio original é valorizada no primeiro ensaio do escritor, segundo a perspectiva do Sturm und Drang, num elogio incondicional e entusiasmado da arte que se propunha como modelo para esse movimento. Já nos capítulos de *Os anos de aprendizado de Wilhelm Meister*, a questão do modelo artístico é vinculada aos problemas concretos do desenvolvimento do teatro na Alemanha. Tanto essa discussão prática quanto a reflexão sobre a genialidade de Shakespeare são retomadas no segundo ensaio de Goethe, no qual se busca um equilíbrio entre conhecimento, prática e criação no campo da poesia e do teatro. Assim, o desenvolvimento da questão dos antigos e dos modernos fundamenta o caráter exemplar da obra de Shakespeare não por romper com o modelo da Antigüidade, mas por sintetizar o clássico e o romântico, numa abordagem nova para a avaliação da originalidade do poeta.

Para o dia de Shakespeare

Em 1771, na casa de seus pais em Frankfurt, Goethe escreveu um texto comemorativo, uma celebração do dia 14 de outubro, que na tradição protestante era dedicado ao nome Wilhelm, em inglês William, primeiro nome de Shakespeare. "Não esperem que eu escreva muito e ordenadamente", avisa o autor, "a quietude da alma não é nenhuma roupa de festa."[5] Ele justifica assim o tom de exaltação e entusiasmo do pequeno ensaio, no qual pretende honrar os passos de gigante de seu poeta preferido, mais dignos de observação do que uma marcha imperial de mil pés.

Antes de dar início ao elogio, o jovem Goethe comenta: "Dos méritos a que sabemos dar valor, temos em nós a semente." Assim, naquele ano em que trabalhava em sua primeira peça, *Götz von Berlichingen*, ele parecia já ter consciência de que seria também um grande escritor, um "gigante", uma vez que sua celebração anuncia o propósito de honrar os passos de Shakespeare a fim de compará-los com os seus próprios. Embora essa comparação não seja muito elaborada, ela remete às grandes aspirações do autor, de fato realizadas depois em sua carreira, como comprovariam os comentários de Herder sobre o "Shakespeare alemão", o enorme sucesso do *Werther* e a consagração posterior de Goethe como o maior nome da literatura de seu país.

Em todo caso, não poderia haver uma declaração mais explícita, acerca do impacto marcante e decisivo que a descoberta do poeta inglês teve na carreira do autor, do que a frase em que este descreve sua primeira leitura de uma obra de Shakespeare. Goethe afirma: "A primeira página dele que li foi uma identificação por toda a vida, e quando tinha terminado a primeira peça, fiquei como um cego de nascença a quem um gesto milagroso dá, num instante, a visão." Em seguida, no mesmo tom entusiasmado de veneração, ressalta a novidade que a obra recém-descoberta constituía naquele momento: "Reconheci, senti vivamente a minha existência expandindo-se numa infinidade, tudo era novo, desconhecido, e a falta de costume com a luz me fazia doer os olhos."[6]

Pelo tom, esse texto da época do Sturm und Drang se assemelha ao ensaio de Lenz sobre Shakespeare; pelas idéias que defende, ele também se aproxima do texto de Herder, que valoriza o dramaturgo como um gênio moderno. Embora seja mais um relato pessoal do que uma consideração teórica articulada sobre um tema, encontra-se no centro do ensaio de Goethe uma crítica ao teatro francês, baseada na valorização de Shakespeare. Assim, a equiparação a Sófocles, presente nos textos de Lessing e Herder, é retomada indiretamente, na crítica a Corneille: "Quanto ao teatro grego, que os franceses tomavam como modelo, segundo suas qualidades internas e externas, era mais fácil que um marquês pudesse imitar Alcibíades do que seria possível a Corneille seguir Sófocles."

Goethe não justifica seu ataque aos clássicos franceses de modo linear e fundamentado, como fizeram seus contemporâneos ligados ao movimento pré-romântico, que associavam essa discussão à leitura da *Poética* aristotélica. Ele apenas afirma, por exemplo, que a armadura grega é muito grande e pesada para os franceses ou que "todas as peças trágicas francesas são paródias de si mesmas". Nesse caso, a crítica bastante geral ao teatro produzido no Classicismo francês serve apenas como termo de comparação com a grandeza de Shakespeare, poeta capaz de dar expressão ao todo da natureza, oferecendo uma perspectiva unificadora que rompe com o gosto estragado pela artificialidade da época moderna:

> ... as peças [de Shakespeare] tratam do ponto secreto (que nenhum filósofo chegou a ver e determinar) em que o caráter particular de nosso eu, a liberdade pretendida de nossa vontade encontra-se com o andar necessário do todo. No entanto, o nosso gosto deteriorado ofusca de tal modo os olhos que quase precisamos de uma nova criação, para sairmos dessa obscuridade.[7]

Para Goethe, numa afirmação que remete ao seu célebre poema do período pré-romântico sobre o personagem do mito grego, Shakespeare "rivaliza com Prometeu, imitando seu modo de formar os homens passo a passo, numa grandeza colossal", criando como a própria natureza cria.* Contrariando a artificialidade dos franceses e dos "alemães contagiados",

* Na estrofe final do poema, dirigindo-se a Zeus, Prometeu diz: "Aqui me sento, formo homens/ Segundo minha imagem,/ Uma geração igual a mim,/ Para sofrer, para chorar,/ Para gozar e se alegrar/ E não te dar atenção/ Como eu!" ["Prometheus", in Goethe, *Werke* I, p.50.]

como Wieland, as criaturas shakespearianas "são natureza", e por isso assustam os homens que, "mal acostumados e sem experiência", gritam, a cada gafanhoto com que se deparam: "Cuidado ele quer nos devorar!"

Mais do que nos textos dos outros autores que escreveram sobre o mesmo tema, valoriza-se em Shakespeare acima de tudo o gênio criador, o poeta da natureza, ou seja, o exemplo de uma determinada relação entre a criatividade do artista e a vivência do mundo natural. Esse tema seria fundamental na obra posterior de Goethe, desde o *Werther* até *As afinidades eletivas*, romance em que a relação do indivíduo com a natureza ainda ocupa uma posição central, passando por muitos poemas e por vários estudos científicos naturalistas.

No ensaio de juventude, indicando a importância que dava ao caráter conflituoso ou harmonioso da relação entre natureza e arte, o autor afirma que é difícil para o seu século, marcado pela artificialidade e pelos sentimentos sufocados, compreender como a natureza "profetiza a partir de Shakespeare". É por isso que, diante dele, o próprio Goethe, numa retomada da comparação anunciada no início do ensaio, confessa sentir-se envergonhado com freqüência, porque *seus* homens, ou seja, seus personagens às vezes "são bolhas de sabão cheias de caprichos romanescos", muito distantes ainda da força natural que transborda nos personagens shakespearianos.

Embora Goethe não retome explicitamente a noção de gênio mencionada por Lessing para se referir a Shakespeare, nem analise o tema da rigidez e do equívoco das regras classicistas com base em Aristóteles, ele procura mostrar que a grandeza do poeta é exatamente a de ser essa espécie de profeta da natureza, que se eleva muito acima de qualquer norma artificial.

É nesse sentido que se pode compreender a afirmação de que Shakespeare alcança um "ponto secreto que nenhum fillósofo chega a ver e determinar". Em suas obras, sem obedecer às regras preestabelecidas, ele expressaria uma verdadeira união com a natureza em sua totalidade - que inclui o bem e o mal, o lado mais elevado e o lado mais baixo do ser humano, os impulsos e sentimentos, ao lado da razão e dos argumentos -, enquanto a reflexão filosófica se baseia em análises e distinções que só percebem as partes e não a totalidade. De acordo com essa perspectiva, a poesia "natural" shakespeariana contraria não só a afetação e a artificialidade que definiam o gosto da época, como também qualquer subordinação da criação artística à utilidade, pensada como veiculação de modelos de virtude.

Portanto, no ensaio de Goethe, a oposição de Shakespeare à tradição das poéticas clássicas ganha um sentido particular. Ela se converte, por um lado, numa crítica ao caráter artificial e afetado da época do autor, marcando a postura ideológica do Sturm und Drang contra a sociedade de corte. Por outro lado, o elogio da poesia shakespeariana define o modelo de originalidade espontânea e de criação livre, que serve de base para aquela crítica e, principalmente, de referência para aquilo que o próprio Goethe pretendia atingir como poeta.

Wilhelm Meister

Na Alemanha do final do século XVIII, uma das questões culturais mais discutidas era a necessidade de um teatro nacional autêntico. Goethe oferece um panorama dessa questão em seu romance *Os anos de aprendizado de Wilhelm Meister*, no qual descreve de modo muito preciso também o entusiasmo e o encantamento produzidos por Shakespeare nos autores de sua geração. A relação do protagonista com o teatro era, aliás, o tema central da primeira versão da obra, *A missão teatral de Wilhelm Meister*, de 1785, ainda no espírito do Pré-romantismo. Mas a redação final do romance, realizada de 1793 a 1795, no período do Classicismo de Weimar, desenvolve a história para além das questões exclusivamente teatrais.

Para Lukács, em seu ensaio sobre o romance, "*Os anos de aprendizado de Wilhelm Meister* de Goethe é o mais significativo produto de transição da literatura romanesca entre os séculos XVIII e XIX. Exibe traços de ambos os períodos de evolução do romance, tanto ideológica quanto artisticamente".[8] Em *A teoria do romance*, de 1920, o ensaísta já tinha analisado a obra como uma tentativa de síntese de duas configurações distintas da relação entre o indivíduo e o mundo.[9] No texto específico sobre o livro, de 1936, essa análise é aprofundada com a intenção de mostrar que a realização dos ideais humanistas da revolução burguesa ocupa um papel central na versão definitiva, segundo um processo de formação do indivíduo.

Num procedimento característico do gênero que inaugura, o romance de formação, *Os anos de aprendizado* descreve o longo percurso do protagonista, desde o período juvenil marcado por grandes paixões, passando pela busca da realização artística no teatro, até o momento de uma convivência harmônica e produtiva com outros indivíduos livres e bem formados. Goethe estabelece, por um lado, um vínculo com a literatura anterior, iluminista e renascentista, pelos traços de seu ideal de educar a humanidade – a concepção de que o desenvolvimento das paixões humanas sob uma direção adequada leva a uma harmonia da personalidade e da existência social. Por outro lado, o livro já aponta uma contradição insolúvel entre os ideais juvenis de seu protagonista e a realidade social vigente, nos moldes do que depois se tornará um dos pontos centrais do Realismo, por exemplo, com Balzac e Stendhal. Ao incorporar os traços do período anterior e anunciar os movimentos por vir, o romance constitui, segundo Lukács, a síntese de um momento de transição.

A própria definição do romance moderno, na *Estética*, de Hegel, contém uma referência ao livro de Goethe, ao desenvolver o argumento de que "o romanesco é o cavaleiresco que se torna novamente sério, com um conteúdo real". A diferença entre o mundo dos cavaleiros medievais e o dos personagens modernos estaria na existência exterior, que se transformou numa ordem rígida e segura, da sociedade burguesa e do Estado, "de tal modo que em lugar dos objetivos quiméricos que o cavaleiro criava para si mesmo surgem agora a polícia, os tribunais, o exército, o governo". Com isso se modifica também o modo de ser dos heróis que atuam nos romances modernos, cujas metas subjetivas de amor, honra, ambição se contrapõem a essa ordem subsistente e à "prosa da realidade", que aparece como um obstáculo.

"Pois bem, essas lutas nada mais são no mundo moderno do que *os anos de aprendizado*, a educação do indivíduo junto à realidade presente, e por isso conservam seu verdadeiro sentido", afirma Hegel, mencionando o nome do livro de Goethe. Com isso, o título do romance parece esclarecer o próprio sentido do rumo tomado pelo gênero literário a que pertence, inaugurado pelo *Dom Quixote*: "Pois o fim de tais anos de aprendizado consiste em que o sujeito apare as arestas, conforme-se com seu desejo e sua opinião às situações existentes ou à racionalidade delas, insira-se no encadeamento do mundo e obtenha nele um ponto de vista apropriado."[10]

Schelling também tinha definido o romance, gênero literário característico da Modernidade, com base numa referência a Goethe e a Cervantes. Para o filósofo, em sua época só existiam dois romances dignos do nome: *Dom Quixote* e *Wilhelm Meister*.[11] Segundo Lukács, essa observação se justifica pelo fato de se tratar de duas obras que dizem respeito a momentos de crises de transição na relação problemática entre o indivíduo e a sociedade.

Mas a repercussão do romance de Goethe também criou polêmica, por contrariar abertamente o projeto dos poetas ligados ao então recente movimento romântico de Iena. Novalis criticou duramente *Os anos de aprendizado*, livro que considerava contrário à poesia, embora valorizasse nele a apresentação de um processo de formação do indivíduo. A proposta de Novalis era superar a obra de Goethe, escrevendo um romance em que a prosa realista desse lugar gradativamente, no percurso de formação do protagonista, a uma existência poética.[12] O seu *Heinrich von Ofterdingen* não foi concluído, mas os fragmentos escritos são preenchidos por um ambiente onírico, sem contato com a descrição da realidade. Para Lukács, a contraposição do autor do *Wilhelm Meister* ao Romantismo estava ligada exatamente à tendência revelada pelos fragmentos de Novalis: "Contra essa dissolução da realidade em sonhos, em representações ou ideais puramente subjetivos, é que se dirige a luta do humanista Goethe."[13]

Ao comparar a versão definitiva do romance com *A missão teatral...*, Lukács chama a atenção para o fato de que "a primeira versão ainda é inteiramente concebida e composta no espírito do jovem Goethe". Nesse caso, "seu ponto central ... é o problema da relação do poeta com o mundo burguês", e "o teatro significa aqui uma libertação da alma poética da indigente e prosaica estreiteza do mundo burguês".[14] Já na versão publicada em 1796, moldada pelo Classicismo de Weimar, o teatro não seria mais uma missão, e sim um ponto de transição para a formação humanista da personalidade e para sua adequação ou inadequação ao mundo da sociedade burguesa.

Numa representação da sociedade como um todo, o autor mostrará que a realização artística de Wilhelm Meister não o liberta completamente dos conflitos entre seus ideais e a realidade social. O equilíbrio diante desses conflitos será encontrado pelo protagonista apenas na associação com outros indivíduos "formados". Essa convivência independe da classe social, uma vez que Wilhelm é de família burguesa, enquanto sua futura esposa, Natalie, e o irmão, Lothario, são nobres. Para Lukács, trata-se da utopia goethiana de uma realização efetiva do ideal de educação humanista. Mas a fina ironia do autor no tratamento do assunto, o caráter ambíguo de seus personagens e o grande realismo de sua descrição da sociedade certamente o afastam da defesa unilateral dessa utopia.

Sendo o teatro apenas um momento do todo, Goethe retirou da redação definitiva muitos dos acontecimentos descritos na primeira versão, como, por exemplo, as questões relativas à montagem de uma peça de autoria de Wilhelm Meister. Por outro lado, como aponta Lukács, ele não só manteve o tratamento da "questão shakespeariana", mas também deu ainda mais importância à montagem de *Hamlet* pelo protagonista. Lukács explica esse fato da seguinte maneira:

> ... para Goethe a questão shakespeariana ultrapassa em muito a esfera do teatro. Shakespeare é, para ele, o grande educador para uma humanidade e personalidade totalmente desenvolvidas; seus dramas são modelos de como o desenvolvimento da personalidade atingiu a plenitude nos grandes períodos do humanismo e de como esse desenvolvimento deveria se completar no presente.

Nesse caso, o romance apresenta uma nova abordagem do modelo shakespeariano, reformulando o sentido do projeto proposto por Lessing e desenvolvido pelo Sturm und Drang. A referência do gênio do dramaturgo inglês ultrapassa as fronteiras do debate sobre o teatro, vinculado à interpretação da poética clássica. Assim, segundo Lukács, "a representação de Shakespeare nos palcos da época é forçosamente um compromisso. Wilhelm Meister jamais deixa de sentir o quanto Shakespeare se estende para além dos limites daquele palco". É por isso que o protagonista se esforça para salvar de algum modo o que há de mais essencial em Shakespeare. Justamente esse esforço, que leva à representação de *Hamlet*, ponto culminante da relação de Wilhelm Meister com o teatro, "converte-se numa clara configuração do fato de que teatro e drama, e mesmo a arte poética, são apenas um aspecto, uma parte do extenso complexo problemático da educação, do desenvolvimento da personalidade e da humanização".

Em todo caso, embora o teatro não seja mais do que um estágio na formação de Wilhelm Meister nem contenha a solução dos conflitos entre o indivíduo e a sociedade, como indica a leitura "marxista" de Lukács, a relação do protagonista com a arte teatral constitui o tema mais importante dos primeiros cinco livros do romance. Descreve-se detalhadamente, neles, como Shakespeare se torna o modelo para a configuração de um teatro nacional autêntico na Alemanha. Os debates dos personagens a respeito da montagem de *Hamlet* e, finalmente, a própria montagem da peça fazem referência a um acontecimento histórico. Como conta Otto Maria Carpeaux: "A representação de *Hamlet* em Hamburgo, em 20 de setembro de 1776, é a maior data na história do teatro alemão. Em breve Shakespeare será o dramaturgo mais representado em palcos alemães."[15]

A descoberta de Shakespeare, em sua versão ficcional, tem início no terceiro livro do romance, quando Wilhelm Meister e sua companhia de teatro se encontram no castelo onde os festejos pela recepção do príncipe incluiriam apresentações de peças. Ficam claramente indicadas três correntes marcantes para a época, já que o barão, um conhecedor do teatro alemão, "lamentava que o príncipe mostrasse uma inclinação exclusiva pelo teatro francês, enquanto uma parte de sua gente, entre os quais se distinguia particularmente Jarno, tinha uma predileção pelos monstros da cena inglesa".[16]

Sabendo de sua preferência, Wilhelm Meister aproveita a oportunidade para, diante do príncipe, louvar Racine e fazer considerações sobre os seus distintos personagens da corte francesa. Ele elogia o dramaturgo francês: "Quando leio uma de suas peças, posso sempre idear o poeta vivendo numa corte brilhante, tendo ante seus olhos um grande rei, relacionando-se com as melhores pessoas e penetrando nos segredos da humanidade que se ocultam por trás de preciosas tapeçarias."[17]

O príncipe não se mostra nem um pouco interessado, mas Jarno, um nobre misterioso, pergunta a Wilhelm: "Então o senhor nunca assistiu ... a uma peça de Shakespeare?" A resposta negativa do protagonista revela o preconceito da época, com base no gosto classicista: " ... tudo que ouvi dizer dessas peças não me despertou a curiosidade de conhecer mais a fundo esses monstros estranhos, que parecem ultrapassar qualquer verossimilhança, quaisquer conveniências." Jarno aconselha então a leitura das obras do poeta inglês e promete emprestar alguns exemplares, com a recomendação de que "em nada poderá empregar melhor o seu tempo do que em se livrar imediatamente de tudo e ver na solidão do seu velho quarto a lanterna mágica desse mundo desconhecido".

O personagem também critica os clássicos franceses, marcando assim sua identificação com a postura dos autores do Sturm und Drang, para os quais os personagens de Racine e Corneille eram participantes de um "baile de máscaras", sem a menor naturalidade (Lenz), ou "bonecos" sem espíritos e sem vida (Herder). Segundo Jarno, dirigindo-se a Wilhelm, "é um pecado que desperdice suas horas tentando dar adereços humanos a esses macacos e se esforçando para que aprendam a dançar esses cães". Como bom teórico do teatro, consciente do gosto classicista que impedia a apreciação das obras recomendadas, ele ainda acrescenta: "Só uma coisa exijo: não se escandalize com a forma; o resto deixo aos cuidados do seu justo sentimento."

Goethe conclui o capítulo contando que Wilhelm "recebeu os livros prometidos e em pouco tempo, como se pode presumir, arrebatou-o a torrente daquele grande gênio, conduzindo-o a um mar sem fim, no qual rapidamente se esqueceu de tudo e se perdeu". A observação "como se pode presumir" parece indicar, em manifestação direta, a posição de total identificação do autor-narrador em relação ao acontecimento narrado.

A reação do protagonista à leitura das peças contém muito da reação, contada no ensaio de 1771, do próprio autor, para quem a primeira página de Shakespeare tinha sido uma identificação por toda a vida, que dava a sensação de recuperar a visão após anos de cegueira. Wilhelm se isola num dos quartos mais retirados do castelo onde a companhia se instalara e, sem tomar conhecimento do que se passa em torno, "vive e se move no universo shakespeariano". Seu espírito se agita com mil sentimentos que ele nunca tinha conhecido, como se lê na comparação do envolvimento provocado pela leitura com um acontecimento mágico:

> Consta que feiticeiros, com o auxílio de suas fórmulas mágicas, atraem para seus aposentos um número colossal de espíritos de toda sorte. Tão poderosas são suas evocações, que em pouco tempo preenche-se todo o espaço do cômodo, e os espíritos, confinados no pequeno círculo traçado, continuam a se multiplicar, movendo-se em metamorfoses e rodopios eternos ao redor de si mesmos e sobre a cabeça do mestre ... Desgraçadamente, o nigromante esqueceu a palavra mágica capaz de fazer refluir essa maré de espíritos... Pois assim se encontrava Wilhelm Meister, sentado, e com movimento ignorado agitavam-se nele mil sensações e faculdades, das quais não havia tido nenhuma noção, nenhuma idéia.[18]

Aos poucos, em ocasiões diversas, o impacto desse primeiro contato com a obra de Shakespeare se revela nas considerações e conversas de Wilhelm Meister sobre o teatro. Quando ele fala aos atores de sua trupe, após a partida do castelo do conde, recorre constantemente a exemplos tirados das peças do dramaturgo. Posteriormente, comenta seus estudos cada vez mais aprofundados do personagem Hamlet, a fim de superar as dificuldades para entender seu verdadeiro caráter. Desde o primeiro encontro de Wilhelm com o diretor de teatro Serlo, após a chegada do protagonista à cidade na qual passará a fazer parte de uma nova companhia de teatro, as discussões entre os dois personagens recaem sobre uma possível montagem de *Hamlet*, defendida apaixonadamente por Wilhelm, para quem as peças de seu escritor predileto haveriam de marcar época na Alemanha.

Goethe soube caracterizar, por meio dos dois personagens antagonistas, as posições divergentes a respeito de como Shakespeare deveria ser encenado nos palcos alemães. Serlo, o diretor de teatro, parece apresentar a posição defendida posteriormente pelo próprio Goethe, em "Shakespeare e o sem fim", contra a exigência de fidelidade dos românticos. O entusiasmo de Wilhelm Meister, por sua vez, remete à postura arrebatada dos pré-românticos e ao primeiro contato do próprio autor do romance com a obra de Shakespeare.

Quando o protagonista finalmente convence o diretor da companhia a fazer a montagem desejada, ele "exigia que *Hamlet* fosse representada por inteiro e sem cortes, e Serlo só consentia nesse estranho desejo na medida do possível".[19] A questão principal do debate entre os personagens é a adaptação, ou seja, o que seria possível cortar da peça sem a mutilar. Fazendo referência ao desenvolvimento real da recepção do poeta inglês na Alemanha, Goethe comenta ainda que "já há algum tempo Wilhelm vinha-se dedicando a uma tradução de *Hamlet*; para tanto, servia-se do engenhoso trabalho de Wieland, graças ao qual tomara contato pela primeira vez com Shakespeare".[20]

Aceitando a recomendação do diretor, o protagonista justifica a adaptação das peças e os cortes que lhe parecem necessários em função do gosto do público alemão, cuja visão de mundo era diferente daquela dos ingleses. Por exemplo, ao defender o poeta de críticas ao excesso de ações em lugares distantes e estranhos, Wilhelm argumenta que os acontecimentos exteriores ao reino da Dinamarca, em *Hamlet*, têm essa variedade porque os ingleses estão acostumados às viagens marítimas e aos ataques de corsários, enquanto os alemães se sentiriam distraídos e confusos ao ver tais ações representadas no teatro.

Em geral, os argumentos de Wilhelm justificam o modelo de Shakespeare para o teatro nacional, enquanto Serlo parece incomodado pelos desvios das regras, mostrando-se partidário do teatro clássico francês. Ambas as perspectivas são defendidas com ardor, de modo que o argumento em favor da adaptação da peça se impõe aos poucos, contra a resistência de um defensor da fidelidade. Nessa discussão se revela tanto a polêmica do autor com os poetas românticos, elaborada depois no ensaio publicado em 1826, quanto o percurso do próprio Goethe. Da primeira leitura à montagem da peça, o leitor do romance pode entender a evolução do arroubo juvenil do Sturm und Drang até a postura serena e ponderada do Classicismo de Weimar, na qual a profunda admiração por Shakespeare continua a existir, mas sem um elogio incondicional.

Shakespeare e o sem fim

O segundo ensaio de Goethe sobre Shakespeare é dividido em três partes, que analisam "Shakespeare como poeta em geral", "Shakespeare comparado com os antigos e os novos" e "Shakespeare como autor de teatro". Embora a versão integral só tenha sido publicada em 1826, as duas primeiras partes foram escritas em 1813, como o próprio autor esclarece ao introduzir a terceira, de 1816. Nessa pequena introdução, ele afirma que o texto acrescentado diz respeito também ao teatro alemão e ao "propósito, compreendido por Schiller, de fundamentá-lo para o futuro", ou seja, de estabelecer as bases para o teatro posterior.[21]

Comparado com o texto de juventude, esse ensaio revela diferenças marcantes, ligadas tanto à preocupação de classificar e definir vários aspectos da obra em questão quanto a questões práticas na teoria sobre o teatro. Não se encontra mais, em "Shakespeare e o sem fim", o elogio incondicional ao poeta da natureza, mas uma análise que contém, inclusive, algumas críticas à estrutura das peças e à dificuldade de montá-las.

A idéia central do ensaio é a de que Shakespeare se presta mais à leitura do que à montagem teatral ou, em outras palavras, de que ele é maior como poeta do que como dramaturgo. Essa posição defendida por Goethe constitui uma resposta às exigências dos autores românticos da época, especialmente Ludwig Tieck, um dos responsáveis pela nova tradução de Shakespeare, para quem as peças traduzidas deveriam ser montadas nos palcos alemães sem alteração alguma, com total fidelidade ao texto. Como o próprio Goethe indica, trata-se de uma questão que remete à discussão travada por Wilhelm Meister e Serlo, no romance, especificamente acerca da montagem alemã de *Hamlet*.

"Shakespeare e o sem fim" também remete, em alguns pontos, ao ensaio de Herder sobre o poeta inglês. Os dois textos começam com o reconhecimento da extensa bibliografia já escrita acerca do assunto. Enquanto Herder falava de uma "grande biblioteca", Goethe afirma que a respeito de Shakespeare parece "não restar mais nada para dizer". Assim como Herder, também ele valoriza as condições históricas, geográficas e culturais de surgimento da obra. "Em toda parte está a Inglaterra, banhada pelo mar, cercada de neblina e nuvens, no lugar de todas as regiões do mundo", pode-se ler em "Shakespeare e o sem fim". O que leva à conclusão: "O poeta vive para o tempo de dignidade e importância, apresentando-nos sua forma, também sua deformação, com grande jovialidade, e ele não teria um efeito tão forte em nós se não se equiparasse ao tempo em que viveu."[22]

Ainda quanto à relação com os ensaios pré-românticos, nota-se uma crítica à comparação feita por Lenz entre *Júlio César* de Shakespeare e *A morte de César* de Voltaire, pois Goethe contesta a opinião de que o poeta inglês teria apresentado "primorosamente os romanos". Para ele, todos os personagens de Shakespeare são "notoriamente ingleses, mas trata-se decerto de homens, homens desde o princípio, e neles a toga romana também veste bem".

Na primeira parte do ensaio, sobre "Shakespeare como poeta em geral", tudo gira em torno da idéia de que as obras se destinam mais à imaginação do que à visão. Goethe afirma:

> Shakespeare fala ao nosso sentido interior; por meio deste anima-se de imediato o mundo de formas da capacidade imaginativa, criando um efeito de plenitude, do qual não sabemos dar nenhuma satisfação, pois aqui se encontra o fundamento daquela ilusão de que tudo se passa diante de nossos olhos.

> Todavia, quando se consideram as peças de Shakespeare com exatidão, elas contêm muito menos ação sensível do que palavra espiritual. Ele deixa acontecer o que é fácil de imaginar, o que é melhor imaginado do que visto. O espírito de *Hamlet*, as bruxas de *Macbeth*, algumas atrocidades ganham o seu valor antes de tudo pela capacidade imaginativa...[23]

A conclusão é que todas essas coisas passam por nós de modo leve e conveniente enquanto lemos, mas aparecem na representação como algo carregado e perturbador, mesmo repugnante. Assim, o impacto que a leitura das obras de Shakespeare tem sobre a imaginação seria, muitas vezes, diminuído pelas dificuldades de representá-las ou pela inadequação das cenas à montagem teatral.

Embora contenha o fundamento para a crítica que será elaborada na terceira parte, essa primeira constitui um elogio à grandeza do poeta. Justamente a riqueza de sua obra, que se dirige de modo tão direto à imaginação e revela com tanta profundidade a natureza, parece não se adequar aos limites das montagens. Se as peças perderiam no palco muito do vigor e do impacto que possuem na leitura, nesse primeiro momento o autor do ensaio está mais preocupado em louvar o vigor poético do que em criticar as limitações acarretadas por ele.

Goethe retoma um argumento de seu ensaio de juventude, ao mostrar a grandeza de Shakespeare como uma espécie de profeta da natureza, igualado "ao espírito do mundo", para o qual nada está velado. O caminho do poeta seria "o de ir revelando o mistério, fazendo-nos confidentes antes da ação, ou precisamente no decorrer desta". É por isso que todos os personagens de Shakespeare são eloqüentes, e mesmo os acontecimentos em segundo plano se voltam para uma revelação expressiva da natureza: "Pronto, o mistério precisa vir à tona, e as pedras devem anunciá-lo ... os elementos, fenômenos do céu, da terra e do mar, trovão e relâmpago, animais selvagens levantam suas vozes..." Mesmo as artes e ciências, os ofícios e negócios do mundo civilizado aparecem e se expressam como tesouros revelados pelo poeta.

No entanto, o vigor expressivo da poesia shakespeariana, capaz de penetrar tão profundamente o domínio da natureza, por isso exaltado acima de tudo pelo jovem pré-romântico, indica um problema para o gosto clássico de Goethe em relação ao teatro. Essa ressalva pode ser percebida por sua observação de que a revelação do mistério, por personagens e fenômenos secundários, muitas vezes se dá "contra qualquer verossimilhança", de maneira que toda a riqueza das obras se revelaria mais na leitura, mesmo que seja em voz alta, do que nas tentativas de transpor a enorme diversidade de suas cenas para o palco.

A segunda parte do ensaio elabora uma comparação entre a poesia antiga e a moderna, na qual o autor pretende estabelecer também a diferença de Shakespeare em relação aos poetas românticos, que ele chama de poetas "mais recentes". Para isso, retoma-se a definição schilleriana do poeta ingênuo, usada aqui em oposição à descrição do poeta romântico. Essa oposição diz respeito, em primeiro lugar, àquilo que torna a obra de Shakespeare autêntica e substancial: o fato de ela estar voltada para o presente, sem a nostalgia que caracteriza os poetas recentes.

> O interesse que o grande espírito de Shakespeare desperta encontra-se no interior do mundo: pois se profecia e loucura, sonhos,

> pressentimentos, sinais, fadas e gnomos, fantasmas, monstros e feiticeiros constroem um elemento mágico que paira em sua poesia no tempo certo, contudo essas aparições não são de forma alguma o ingrediente principal de suas obras. A verdade e o valor de sua vida é que constituem a base ampla na qual aquelas coisas repousam; por isso, tudo o que ele escreve nos parece tão autêntico e substancial.

Esse raciocínio leva o autor do ensaio a uma conclusão comparativa, que diz respeito à relação entre o poeta e seu tempo:

> Assim, já se pode perceber que ele não é um poeta destes mais recentes, que foram chamados românticos, pertencendo muito mais àquele gênero ingênuo, já que sua obra diz respeito na verdade ao presente e ele quase não toca no lado mais delicado, aproximando-se da nostalgia apenas em pontos extremos.[24]

A crítica ao Romantismo se dirige contra a volta ao passado e a valorização dos elementos fantásticos, irreais, também pensados como uma fuga do presente. Com base nessa crítica, Goethe defende a noção de uma poesia moderna que estaria separada dos antigos por um precipício não apenas do ponto de vista da forma, mas segundo seu sentido mais íntimo e profundo. Ao propor essa comparação, ele se posiciona diante de toda a tradição da *Querela entre os antigos e os modernos*, herdada da França e discutida em outros termos pelos grandes teóricos alemães anteriores a ele, como Winckelmann e Lessing.

Em "Shakespeare e o sem fim", da mesma maneira que o antigo se opõe ao moderno, é possível opor os termos "ingênuo" e "sentimental" ou "pagão" e "cristão", ou "heróico" e "romântico", ou "real" e "ideal". O texto apenas enumera essas oposições, até citar as duas que constituirão a base de seu argumento sobre a diferença entre a poesia antiga e a moderna. A "necessidade" – no campo do "antigo", "ingênuo" e "pagão" – é contraposta à "liberdade" – alinhada com o "moderno", "sentimental" e "cristão" –, da mesma maneira que o "dever" se opõe ao "querer".

Especialmente estes últimos termos articulam a comparação feita em seguida, pois "os maiores tormentos, assim como a maioria das coisas a que o homem pode estar exposto, surgem de um daqueles mal-entendidos entre dever e querer, mas também entre dever e realizar, entre querer e realizar". Enquanto a poesia antiga seria dominada por uma desproporção entre dever e realizar, na moderna a "vontade" é que estaria em conflito com a realização. Cada época revelaria o predomínio de um desses conflitos, "mas como dever e querer não podem ser radicalmente separados no homem, é preciso que se encontrem sempre ambos os aspectos, ainda que seja um em primeiro plano e o outro num plano secundário".

O dever consiste numa imposição feita ao homem, o que implica aceitar a *necessidade* apesar de tudo, e o querer vem do próprio homem para tentar se impor, como afirmação da *liberdade*. Goethe procura mostrar que, apesar do predomínio de cada oposição numa época, quando se compara a Antigüidade com o mundo moderno, o querer e o dever estão sempre presentes em seu conflito com a realização. Nesse caso, "a tragédia antiga diz respeito a um dever inevitável, que é apenas aguçado e acelerado por meio de um querer agindo em sentido contrário". Em conseqüência disso, "tudo que há de terrível no oráculo" constitui um elemento fundamental da tragédia, um ponto central na "região em que *Édipo* reina sobre tudo mais". Assim, segundo a definição do ensaio, "todo dever é despótico": ou "pertence à razão, como a lei da moral e da cidade", ou pertence "à natureza, como as leis do devir, do crescimento e perecimento, da vida e da morte". São sobretudo essas leis que "nos fazem estremecer, sem a ponderação de que através delas se visa ao equilíbrio do todo".

Quanto ao segundo termo, o querer, ao defini-lo o autor indica que o seu predomínio representa um enfraquecimento: "O querer, em contrapartida, é livre, parece livre e favorece os indivíduos. Por isso o querer é lisonjeiro e tem de apoderar-se dos homens logo que estes dele tomam conhecimento." Esse sentimento "é o deus dos novos tempos; entregues a ele, nos amedrontamos diante das contrariedades, e aqui se encontra o fundamento pelo qual nossa arte, assim como nossa mentalidade, permanecem eternamente separadas das antigas".[25] Assim, Goethe critica a tragédia moderna, em comparação com a antiga, justamente por estar baseada no querer, o deus dos novos tempos, e não no dever. A tragédia se torna "grande e forte" quando se baseia no dever, ligado à sociedade e à natureza, enquanto o querer a faz "fraca e pequena", porque valoriza acima de tudo o indivíduo.

A comparação funciona como uma preparação para a análise da obra de Shakespeare, autor que é destacado por ligar o antigo e o novo "de uma maneira exuberante". Nessa obra, Goethe vê um equilíbrio entre o dever e o querer, uma conjugação dos dois termos sem o predomínio da vontade característico nos poetas recentes. Assim, Shakespeare não só se diferencia da proposta romântica criticada, mas também se revela capaz de ultrapassar o abismo que separa a própria poesia antiga da moderna:

> Talvez ninguém tenha apresentado de modo tão magnífico o primeiro grande enlace do querer e dever no caráter individual como ele fez. A pessoa, considerada a partir do caráter, deve: ela é limitada, determinada a algo particular; mas como ser humano ela quer: é ilimitada e exige o universal.

Desse modo, identifica-se na obra de Shakespeare a conjunção de um conflito interior, que diz respeito à vontade do indivíduo e à sua própria capacidade ou incapacidade de realizá-la, e de um conflito exterior, no qual as circunstâncias se contrapõem ao querer até torná-lo um dever indispensável.

Um dos exemplos dados por Goethe, para ilustrar sua concepção, é o de *Hamlet*, peça na qual o conflito interior se expressa na melancolia do protagonista, desde o monólogo inicial, passando por todas as suas hesitações, até o solilóquio mais célebre, que tem início com a indagação "Ser ou não ser". No decorrer da ação, ainda no primeiro ato, esse conflito interior de Hamlet é transformado num dever pelo espírito do rei, que exige vingança. A partir de então, a vontade e a necessidade entram em choque, tanto entre si quanto com a possibilidade de realização do dever e de solução do conflito que expressa o querer.

"Um querer que ultrapassa a força de um indivíduo é moderno", característico da valorização da individualidade, mas "Shakespeare não o faz surgir de dentro, e sim alterar-se por uma ocasião exterior, por isso ele se torna um tipo de dever, aproximando-se dos antigos". Em outras palavras, os personagens da poesia antiga expressam, como indivíduos, um certo equilíbrio entre querer, dever e realizar, pois a sua vontade não vai além do que é possível ao homem. O conflito interior não é exacerbado como na poesia moderna, em que o indivíduo quer mais do que pode. No entanto, o dever dos antigos aparece como algo impositivo em demasia, de modo que a necessidade exclui em última instância quase toda a liberdade individual, e isso "não se encaixa mais em nosso modo de sentir".

Ao contrapor o conflito interior, entre a vontade e a realização, e o exterior, entre a necessidade e a realização, Shakespeare aproxima as duas perspectivas e faz a ligação entre o mundo antigo e o novo. Com isso, ao concluir a segunda parte do ensaio, Goethe apresenta sua concepção madura da originalidade e da genialidade de Shakespeare, o "grande mestre" que já realizou o "milagre" de "conciliar em nós aquela grande oposição que parece inconciliável". Caso se queira aprender com Shakespeare, é essa a questão que deve ser estudada, de acordo com a recomendação que Goethe faz aos escritores de seu tempo.

Após um breve esclarecimento a respeito da época em que os textos foram escritos, Goethe anuncia sua intenção de discutir a questão de Shakespeare como autor teatral. Assim, a terceira parte de "Shakespeare e o sem fim", incluída posteriormente, retoma um tema que já tinha sido abordado por Lessing, ganhara uma importância ainda maior para Lenz e Herder, e no início do século XIX era debatido pelos poetas românticos.

A questão decisiva, nessa retomada, era saber se o dramaturgo inglês deveria ou não servir de modelo para o teatro nacional alemão. Ao contestar a valorização incondicional de Shakespeare, Goethe se opõe tanto à perspectiva dos autores da nova geração quanto à perspectiva que ele mesmo compartilhava, quando jovem. Essa mudança de visão foi influenciada sobretudo pelos anos do Classicismo de Weimar e pela experiência, nessa cidade, à frente de uma companhia teatral.

Além de ser autor do célebre romance *Werther*, Goethe já era um dramaturgo bem-sucedido em 1775, quando aceitou o convite do duque Karl August para ir a Weimar. Mais de uma década depois, quando o duque decidiu criar uma companhia oficial de teatro em sua corte, Goethe foi nomeado diretor. Nessa época, o teatro produzido por ele não seguia mais a oposição pré-romântica aos franceses, como se pode perceber por exemplo na sua *Ifigênia em Táuris*, que Anatol Rosenfeld considera, "entre as peças alemãs de importância, a que mais se aproxima da arte de Racine", em função de "seu decoro, sua *bienséance*, a estilização requintada e a rigorosa observação das unidades clássicas de ação, tempo e lugar, a interiorização radical da ação confiada quase totalmente à palavra".[26]

As duas primeiras partes do ensaio sobre Shakespeare, de 1813, ainda foram escritas durante o período em que Goethe se manteve à frente da companhia de teatro de Weimar, e a terceira data justamente do ano em que ele abandonou o cargo, 1816. Nessa parte final, o tema se expressa claramente com esta afirmação polêmica: "O nome e o mérito de Shakespeare pertencem à história da poesia; mas trata-se de uma injustiça contra todos os autores teatrais dos tempos remotos e tardios pôr o seu mérito na conta da história do teatro."[27] Contrariando não só a tendência do Sturm und Drang, mas também a posição dos poetas românticos, Goethe considera necessário "ponderar as condições" em que Shakespeare se encaixou, em vez de recomendá-lo como modelo. Essa ponderação recorre inicialmente a um procedimento típico do Classicismo de Weimar: a definição dos gêneros literários.

A epopéia, o diálogo, o drama e a peça teatral são considerados formas próximas, que muitas vezes se confundem na prática. Goethe define: "A *epopéia* transmite tradições orais à massa, narradas por um indivíduo." Já o *diálogo* "é uma fala em sociedade restrita, onde a massa, quando muito, pode ouvir". O *drama*, por sua vez, "requer uma fala baseada em feitos, mesmo que seja conduzido apenas pela capacidade imaginativa". E a *peça teatral*, síntese dos gêneros anteriores, "requer os três juntos, à medida que ela ocupa o sentido da visão e pode ser acompanhada sob condições determinadas de uma presença local e pessoal".

A distinção entre o drama e a peça teatral serve para apontar que as obras shakespearianas pertencem ao primeiro gênero, de modo que as exigências teatrais pareceriam fúteis ao seu autor. Nesse caso, o fato de a ação saltar de localidade em localidade, deixando para trás uma série de acontecimentos intermediários, em vez de criar lacunas nas peças, estimularia a capacidade imaginativa do leitor. É possível entender essa ponderação como uma referência à célebre regra das três unidades, tão discutida durante o Sturm und Drang, só que Goethe não procura justificar a desobediência a essa norma com base em Aristóteles, e sim chamar a atenção para o caráter não-teatral da obra em questão.

As questões técnicas das montagens teatrais eram um tema recorrente para Goethe, pelo menos desde a primeira versão do romance protagonizado por Wilhelm Meister. E essa preocupação tem um lado prático, ligado às montagens de peças de Shakespeare na companhia dirigida pelo escritor. Houve, por exemplo, uma adaptação de *Romeu e Julieta*, peça a que Goethe se refere no final de "Shakespeare e o sem fim".[28] A observação de que o dramaturgo quase destrói o conteúdo trágico com as figuras cômicas da ama e de Mercutio aproxima esse ensaio das ressalvas feitas antes por Schiller, em *Poesia ingênua e sentimental*, ao se indignar com as interrupções das cenas mais elevadas por gracejos de um bufão.

Assim, a crítica a Shakespeare "como autor de teatro" constitui, no fundo, um questionamento da necessária fidelidade nas montagens alemãs das peças. Dirigindo-se diretamente contra a posição defendida pelos poetas românticos, como Ludwig Tieck e os irmãos Schlegel, a favor da fidelidade, Goethe contesta o "preconceito", "introduzido furtivamente na Alemanha", de que seria preciso representar Shakespeare palavra por palavra. Para reforçar essa contraposição, o ensaio termina com um elogio de Friedrich Schröder, ator e diretor teatral de Hamburgo, responsável por adaptações de diversas obras shakespearianas, que se ateve "unicamente ao que era eficaz, jogando fora todo o resto, inclusive algo de necessário, quando aquilo lhe parecia perturbar o efeito em sua nação, em seu tempo".

Em todo caso, Goethe procura relativizar sua crítica à dramaturgia shakespeariana, ao afirmar que, se o modo de proceder do poeta inglês encontra uma "certa resistência" no teatro, é a estreiteza da forma que restringe o seu gênio. Assim, a apresentação das obras poéticas no palco apenas facilitaria a imaginação do leitor, como se sugerisse que os acontecimentos imaginados com tanta riqueza um dia pudessem realmente acontecer diante dos seus olhos. Em outras palavras, a limitação imposta pelas montagens não negaria o grande mérito de Shakespeare como poeta, muito menos sua referência como gênio capaz de transpor a distância que separa antigos e modernos, clássicos e românticos.

Notas

Introdução *(p.7-24)*

1. "Poesia e composição", in J.C. de Melo Neto, *Obra completa*, p.723. Conferência pronunciada na Biblioteca de São Paulo em 1952.
2. Ver Stendhal, "Racine e Shakespeare", in S. Johnson, *Prefácio a Shakespeare*.
3. Ver A. Hauser, *História social da arte e da literatura*, p.598-600. Para uma comparação entre a formação do Estado na Alemanha, França e Inglaterra, ver N. Elias, *O processo civilizador*, p.91-7.
4. Ver "Goethe, artigo enciclopédico", ensaio escrito em 1926 para a Grande Enciclopédia Russa. W. Benjamin, *Dos ensayos sobre Goethe*, p.139.
5. W. Goethe, *Memórias: Poesia e Verdade*, p.377.
6. P. Szondi, *Poetik und Geschichtsphilosophie I. Studienausgabe der Vorlesungen Band 2*, p.17.
7. Ver H. Rigault, *Histoire de la Querelle des Anciens et des Modernes*. Também R. Nelson, "The Ancients and the Moderns", in *A New History of French Literature*, p.364-9.
8. P. Szondi, op cit., p.17.
9. J. Kott, *Shakespeare nosso contemporâneo*, p.69.
10. J.G. Herder, "Shakespeare", in A. Rosenfeld, *Autores pré-românticos alemães*, p.37.
11. W. Goethe, "Shakespeare e o sem fim", em *Escritos sobre literatura*, p.35.
12. W. Goethe, "Para o dia de Shakespeare", em *Escritos sobre literatura*, p.29.
13. H. Bloom, *Shakespeare: a invenção do humano*, p.42.
14. Ver *Hamlet*, Ato II, Cena 2, Shakespeare, *Teatro completo. Tragédias*.
15. F. Nietzsche, *O nascimento da tragédia*, p.56.
16. W. Shakespeare, *Hamlet*, Ato II, Cena 2, op.cit., p.567.
17. Ibid., p.568.
18. Ibid., p.565.
19. A esse respeito, consultar o prefácio de Gerd Bornheim (p.XI) e o capítulo "Os antecedentes" in B. Heliodora, *Falando de Shakespeare*.

1. Shakespeare contra o Classicismo *(p.25-44)*

1. N. Boileau, *A arte poética*, p.42.
2. Horácio, *Arte poética*, in Aristóteles, Horácio, Longino, *A poética clássica*, p.64.
3. N. Boileau, op.cit., p.72.
4. Horácio, op.cit., p.66.
5. N. Boileau, op.cit., p.15.
6. Horácio, op.cit., p.64.
7. Ibid., p.65.
8. N. Boileau, op.cit., p.67.
9. Ibid., p.50.
10. Horácio, op.cit., p.67.
11. N. Boileau op.cit., p.20. Ver Aristóteles, *Poética*, VII, p.113.
12. A. Rosenfeld, *O teatro épico*, p.64.
13. Madame de Staël, *De l'Allemagne*, p.183.
14. Ver Virgílio, *Eneida*, Livro segundo, p.46.
15. Ver Horácio, op.cit., p.65.
16. M. Joachimi-Dege, *Deutsche Shakespeare-Probleme*, p.2.
17. Ibid., p.9.
18. Segundo M. Joachimi-Dege, op.cit., p.11.
19. O artigo chama-se "Neue Erweiterungen der Erkenntnis und des Vergnügens". Ver M. Joachimi-Dege, op.cit., p.15.
20. W. Goethe, *Memórias: poesia e verdade*, p.377.
21. O.M. Carpeaux, *Literatura alemã*, p.53.
22. G.E. Lessing, *De teatro e literatura*, p.109.
23. Para uma análise da peça, ver F. Saadi, "Lessing e a tragédia burguesa", *Folhetim*, n. 12, jan-mar 2002.
24. "Introdução", in G.E. Lessing, *De teatro e literatura*, p.10.
25. G.E. Lessing, op.cit., p.111.
26. Verbete sobre o gênio, *Enciclopédia*, tomo VII, 1757, p.582-4. Trad. F. Saadi a partir da edição de P. Vernière, Diderot, *Oeuvres esthétiques*.
27. G.E. Lessing, op.cit., p.56.
28. Idem.
29. A. Rosenfeld, op.cit., p.64.

2. Shakespeare no Pré-romantismo *(p.45-69)*

1. W. Benjamin, "Goethe, artigo enciclopédico", *Dos ensayos sobre Goethe*, p.142-4.

2. A. Rosenfeld, *Autores pré-românticos alemães*, p.9.
3. Ver M. Suzuki, *O gênio romântico*, p.59.
4. A. Rosenfeld, op.cit., p.13.
5. Ibid., p.19.
6. W. Benjamin, op.cit., p.142.
7. Ibid., p.144.
8. W. Goethe, *Memórias: poesia e verdade*, p.377.
9. Ibid., p.388.
10. W. Goethe, *Escritos sobre literatura*, p.31.
11. W. Goethe, *Memórias: poesia e verdade,* p.377.
12. Ibid., p.463.
13. Ver F. Saadi, "Lenz e Goethe", na introdução para a edição das *Notas sobre o teatro* e *Regras para atores.*
14. J.M.R. Lenz, *Notas sobre o teatro* e *Regras para atores*, p.35.
15. Ibid., p.32.
16. Ibid., p.39.
17. Ibid., p.40.
18. Ibid., p.43.
19. J.G. Herder, "Shakespeare" in A. Rosenfeld, op.cit., p.39.
20. Referência a Aristóteles, *Poética*, 1449 a.
21. J.G. Herder, op.cit., p.41.
22. A. Rosenfeld, *O teatro épico*, p.66.
23. J.G. Herder, op.cit., p.42.
24. Ibid., p.44.
25. Ibid., p.48.
26. M. Suzuki, op.cit., p.65.
27. J.G. Herder, op.cit., p.49.

3. O gênio moderno *(p.71-88)*

1. Sobre o tema no Romantismo alemão, ver M. Suzuki, *O gênio romântico.*
2. Ver F. Schlegel, *Conversa sobre poesia*, p.43-4.
3. O.M. Carpeaux, *Literatura alemã,* p.108.
4. Ver Victor Hugo, *Oeuvres complètes*, p.3; e O.M. Carpeaux, op.cit., p.70.
5. "William Shakespeare" in Victor Hugo, op.cit., p.362.
6. Ibid., p.349.
7. Stendhal, "Racine e Shakespeare" in S. Johnson, *Prefácio a Shakespeare*, p.85.

8. Ibid., p.110.
9. F. Schiller, *Poesia ingênua e sentimental*, p.57.
10. Ibid., p.51.
11. Ibid., p.58.
12. In F. Schiller, *Teoria da tragédia*, p.92.
13. Ibid., p.76.
14. F. Nietzsche, *O nascimento da tragédia*, p.54. Ver também F. Schiller, *A noiva de Messina*, p.209. Neste mesmo livro, encontram-se publicados o parágrafo de Nietzsche e os trechos com as críticas de Schlegel, Schelling e Hoffmann à peça.
15. F. Schiller, *Teoria da tragédia*, p.80.
16. Ver G.W.F. Hegel, *Cursos de estética I*, p.74; e F.W.J. Schelling, *Filosofia da arte*, p.25.
17. I. Kant, *Crítica da faculdade do juízo*, § 47, p.154.
18. Ver I. Kant, "Analítica do belo", § 1, in *Crítica da faculdade do juízo*, p.47.
19. Ver, a esse respeito, os §§ 1 a 5 da "Analítica do belo", I. Kant, op.cit., p.47-55.
20. Ibid., § 45, p.152.
21. Ibid., § 46, p.153.
22. Ibid., § 47, p.154.
23. Ibid., § 44, p.151.

4. Goethe e Shakespeare *(p.89-119)*

1. J.G. Herder, "Denkmal Johann Winckelmanns", in *Sämtliche Werke. Nachdruck der Ausgabe*, VIII, p.483. Ver também P. Szondi, *Poetik und Geschichtsphilosophie I.*, p.63-4.
2. J.G. Herder, "Shakespeare", in Rosenfeld, *Autores pré-românticos alemães*, p.63.
3. Ver W. Goethe, *Poesia e verdade*, p.377.
4. W. Goethe, *Os anos de aprendizado de Wilhelm Meister*, Livro V, Capítulo 6, p.300.
5. W. Goethe, "Para o dia de Shakespeare", in *Escritos sobre literatura*, p.26.
6. Ibid., p.27.
7. Ibid., p.29.
8. G. Lukács, "Os anos de aprendizado de Wilhelm Meister", in *Goethe, Os anos de aprendizado de Wilhelm Meister*, op.cit., p.593.

9. Ver G. Lukács, *A teoria do romance*, p.138.
10. Trecho citado em G. Lukács, "Os anos de aprendizado de Wilhelm Meister", p.604.
11. Ver F.W.J. Schelling, *Filosofia da arte*, p.304. Apud G. Lukács em "Os anos de aprendizado de Wilhelm Meister", p.610.
12. Ver Novalis, *Pólen*, Fragmento 4, p.39.
13. G. Lukács, "Os anos de aprendizado de Wilhelm Meister", p.603.
14. Ibid., p.593.
15. O.M. Carpeaux, *Literatura alemã*, p.66.
16. W. Goethe, *Os anos de aprendizado de Wilhelm Meister*, p.171.
17. Ibid., p.174.
18. Ibid., p.178.
19. Ibid., Livro V, Capítulo 4, p.289.
20. Ibid., p.294.
21. "Shakespeare e o sem fim", in W. Goethe, *Escritos sobre literatura*, p.50.
22. Ibid., p.40.
23. Ibid., p.38.
24. Ibid., p.42.
25. Ibid., p.46.
26. Ver A. Rosenfeld, *O teatro moderno*, p.14.
27. W. Goethe, "Shakespeare e o sem fim", p.51.
28. Ibid., p.54.

Referências bibliográficas

Bibliografia principal

Aristóteles. *Poética*. Lisboa, INCM, 7ª ed. 2003.

Aristóteles, Horácio e Longino. *A poética clássica*. São Paulo, Cultrix/ Edusp, 1981.

Boileau, Nicolas. *Oeuvres complètes*. Paris, Garnier-Flammarion, 1969.

____. *Arte poética*. São Paulo, Perspectiva, 1979.

Corneille. *Oeuvres complètes*. Paris, Seuil, 1963.

Diderot, Denis. *Oeuvres esthétiques*. Paris, Garnier, 1994.

____. *Discurso sobre a poesia dramática*. São Paulo, Cosac Naify, 2005.

Goethe, Wolfgang. *Ifigênia em Táuride*. São Paulo, Instituto Hans Staden, 1964.

____. *Vermischte Schriften*, Frankfurt, Insel Verlag, 1965.

____. *Memórias: poesia e verdade*. Brasília, Editora da UNB, 2ª ed. 1986.

____. *Fausto*. Belo Horizonte, Itatiaia, 1987, p.43.

____. *Die Leiden des jungen Werthers*. Katharina Mommsen e Richard A. Koc.(orgs.). Nova York, Suhrkamp Publishers New York, 1987.

____. *Werke in sechs Banden*. Frankfurt, Insel Verlag, 1993.

____. *Os anos de aprendizado de Wilhelm Meister*. São Paulo, Editora Ensaio, 1994.

____. *Essays on Art and Literature. The Collected Works*. Nova Jersey, Princeton University Press, vol.3., 1994.

____. *Écrits sur l'art*. Paris, GF Flammarion, 1996.

____. *Viagem à Itália (1786-1788)*. São Paulo, Companhia das Letras, 1999.

____. *Escritos sobre literatura*. Rio de Janeiro, 7Letras, 2000.

____. *Máximas e reflexões: obras escolhidas,* Lisboa, Relógio d'Água, vol.5, 2000.

Goethe, Wolfgang e Friedrich Schiller. *Der Briefwechsel zwischen Goethe und Schiller*. Frankfurt, Insel Verlag, 1977.

____. *Goethe e Schiller: companheiros de viagem*. São Paulo, Nova Alexandria, 1993.

Herder, J.G. *Sämtliche Werke. Nachdruck der Ausgabe, Berlin 1892*. Hildesheim, 1967.

____. *Werke, Band I: Herder und der Sturm und Drang (1764-1774)*. Munique, Carl Hanser Verlag, 1984.

HUGO, Victor. *Oeuvres complètes. Critique*. Paris, Robert Laffont, 1985.

JOHNSON, Samuel. *Prefácio a Shakespeare*. São Paulo, Iluminuras, 1996.

KANT, Immanuel. *Crítica da faculdade do juízo*. Rio de Janeiro, Forense, 1993.

LENZ, Jakob Michael Reinhold. *Notas sobre o teatro*. Rio de Janeiro, 7Letras, 2006.

LESSING, G.E. *De teatro e literatura*. São Paulo, Editora Herder, 1964.

____. *Laocoonte ou Sobre as fronteiras da pintura e da poesia*, São Paulo, Iluminuras, 1998.

SCHILLER, Friedrich. *Maria Stuart*. Tradução de Manuel Bandeira, Rio de Janeiro, Editora Civilização Brasileira, 1955.

____. *Schillers Werke. Nationalausgabe*. Weimar, Hermann Böhlaus Nachfolger, 1969.

____. *Cartas sobre a educação estética do homem*. São Paulo, Iluminuras, 1990.

____. *Teoria da tragédia*. São Paulo, EPU, 1995.

____. *Poesia ingênua e sentimental*. São Paulo, Iluminuras, 1995.

____. *Sämtliche Werke*. Augsburg, Bechtermünz Verlag, 1998.

____. *Kallias ou Sobre a beleza*. Tradução e introdução de Ricardo Barbosa. Rio de Janeiro, Jorge Zahar, 2002.

____. *A noiva de Messina*. São Paulo, Cosac Naify, 2004.

SCHLEGEL, Friedrich. *Conversa sobre poesia*. São Paulo, Iluminuras, 1994.

SCHELLING, F.W.J. *Filosofia da arte*. São Paulo, Edusp, 2001.

SHAKESPEARE, William. *Teatro completo. Tragédias*. Tradução de Carlos Alberto Nunes. Rio de Janeiro, Ediouro, s.d.

____. *The Plays and Sonnets of William Shakespeare*. Chicago, Encyclopedia Britannica, vols.26 e 27, 1952.

____. *Otelo*. Tradução de Beatriz Viégas-Faria. Porto Alegre, LPM, 1999.

____. *Hamlet*. Tradução de Elvio Funck. São Leopoldo, Unisinos, 2005.

WINCKELMANN, Johann Joachim. *Réflexions sur l'imitation des oeuvres grecques en pinture et sculpture* (coleção bilíngüe). Alerçon (Orne), Aubier, 1990.

Bibliografia secundária

ADORNO, Theodor W. *Noten zur Literatur IV*. Frankfurt, Suhrkamp, 1974.

BARBOSA, Ricardo. *Schiller e a cultura estética*. Rio de Janeiro, Jorge Zahar, 2004.

BAUMGARTEN, Alexandre Gottlieb. *Estética: a lógica da arte e do poema*. Petrópolis, Vozes, 1993.

BENJAMIN, Walter. *Illuminationen: Ausgewählte Schriften 1*. Frankfurt, Suhrkamp Verlag, 1977.

____. *Origem do drama barroco alemão*. Tradução de S.P. Rouanet. São Paulo, Brasiliense, 1984.

____. *Obras escolhidas*. São Paulo, Brasiliense, vols.1 e 2, 1985.

____. *Dos ensayos sobre Goethe*. Barcelona, Gedisa Editorial, 1996.

____. *Gesammelte Schriften*. Frankfurt, Suhrkamp Verlag, 1980.

BLOOM, Harold. *Shakespeare: a invenção do humano*. Rio de Janeiro, Objetiva, 2001.

BORNHEIM, Gerd. *Páginas de filosofia da arte*. Rio de Janeiro, Uapê, 1998.

BUTLER, E.M. *The Tiranny of Greece over Germany*. Cambridge, University Press, 1935.

CAMPOS, Haroldo de. *Deus e o diabo no* Fausto *de Goethe*. São Paulo, Perspectiva, 1981.

____. *O arco-íris branco*. Rio de Janeiro, Imago, 1997.

CARPEAUX, Otto Maria. *História da literatura ocidental*. Rio de Janeiro, O Cruzeiro, 1960.

____. *Literatura alemã*. São Paulo, Nova Alexandria, 1994.

CASSIRER, Ernst. *Idee und Gestalt: Goethe, Schiller, Hölderlin, Kleist*. Berlim, Bei Bruno Cassirer, 1921.

____. *Rousseau, Kant, Goethe. Deux essais*. Paris, Balin, 1991.

COSTA LIMA, Luiz. *Mímesis e modernidade*. São Paulo, Paz e Terra, 2003.

DASTUR, Françoise. "Hölderlin, tragédia e modernidade", in Friedrich Hölderlin, *Reflexões*. Rio de Janeiro, Relume Dumará, 1994.

DENOEU, François. *Sommets littéraires français*, Boston, Health and Company, 1957.

ECKERMANN, Johann Peter. *Conversações com Goethe*. Lisboa, Vega, s.d.

ELIAS, Norbert. *O processo civilizador*. Rio de Janeiro, Jorge Zahar, 1993.

____. *A sociedade de corte*. Rio de Janeiro, Jorge Zahar, 2001.

GADAMER, Hans Georg. *Literature and Philosophy in Dialogue*. Nova York, SUNY Press, 1994.

GILLOT, Hubert. *La querelle des anciens e des modernes en France*. Paris, Champion, 1914.

GUINSBURG, Jacó. (org.). *O Romantismo*. São Paulo, Perspectiva, 1978.

____. *O Classicismo*. São Paulo, Perspectiva, 1995.

HARTMANN, Pierre. *Du sublime*. Strasbourg, Presses Universitaires de Strasbourg, 1997.

HAUSER, Arnold. *História social da arte e da literatura*. São Paulo, Martins Fontes, 2000.

HEGEL, G.W.F. *Estética*. Coleção Os Pensadores. São Paulo, Nova Cultural, 1988.

____. *Cursos de estética*. São Paulo, Edusp, 2001.

HELIODORA, Barbara. *Falando de Shakespeare*. São Paulo, Perspectiva, 1997.

HÖLDERLIN, Friedrich. *Der Tod des Empedokles*. Zurique, Werner Classen Verlag, 1946.

____. *Reflexões*. Rio de Janeiro, Relume Dumará, 1994.

HOLLIER (org.). *A New History of French Literature*. Cambridge, Harvard, 1994.

HOMERO. *Ilíada*. Tradução de Carlos Alberto Nunes. Rio de Janeiro, Ediouro, 2002.

JAUSS, Hans Robert. *Pour une esthétique de la recéption*. Paris, Gallimard, 1978.

JOACHIMI-DEGE, Marie. *Deutsche Shakespeare-Probleme*. Leipzig, Haessel Verlag, 1907.

KOOPMANN, Helmut. *Friedrich Schiller I (1759-1794)*. Stuttgart, J.B. Metzlersche Verlagsbuchhandlung, 1966.

KOTT, Jan. *Shakespeare nosso contemporâneo*. São Paulo, Cosac Naify, 2003.

LACOUE-LABARTHE, Philippe. *A imitação dos modernos*. Rio de Janeiro, Paz e Terra, 2000.

LESKY, Albin. *A tragédia grega*. São Paulo, Perspectiva, 1971.

LUKÁCS, Georg. *Goethe und seine Zeit*. Berlim, Aufbau, 1950.

____. *Goethe y su época*. Barcelona - México, Ediciones Grijalbo, 1968.

____. *Introdução a uma estética marxista*. Rio de Janeiro, Civilização Brasileira, 1970.

____. "Os anos de aprendizado de Wilhelm Meister" in Wolfgang von Goethe, *Os anos de aprendizado de Wilhelm Meister*. São Paulo, Editora Ensaio, 1994.

____. *Die Theorie des Romans*. Munique, Deutscher Taschenbuch Verlag, 1994. [Ed. bras.: *A teoria do romance*, São Paulo, Editora 34, 2000.]

MACHADO, Roberto. *O nascimento do trágico*. Rio de Janeiro, Jorge Zahar, 2006.

MANN, Thomas. *Leiden und Grösse der Meister*. Frankfurt, Fischer Verlag, 1982.

____. *Goethe's Laufbahn als Schriftsteller. Zwölf Essays und Reden zu Goethe*. Frankfurt, Fischer Verlag, 1982.

____. *Ensaios*. São Paulo, Perspectiva, 1988.

MELO NETO, João Cabral. *Obra completa*. Rio de Janeiro, Nova Aguilar, 1994.

MENNINGHAUS, Winfried. *Walter Benjamins Theorie der Sprachmagie*. Frankfurt, Suhrkamp Verlag, 1980.

MURICY, KATIA. "Benjamin e Nietzsche: considerações sobre o conceito de história e crítica da cultura". *Síntese Nova Fase*, vol.20, n.63, Belo Horizonte, 1993.

____. *Alegorias da dialética*. Rio de Janeiro, Relume Dumará, 1999.

NELSON, Robert. *A New History of French Literature*. Cambridge, Harvard, 1994.

NIETZSCHE, Friedrich. *Nietzsche Werke: kritische Gesamtausgabe herausgegeben von Giorgio Colli und Mazzino Montinari*. Berlim, De Gruyter, 1973.

____. *Assim falou Zaratustra*. Rio de Janeiro, Bertrand Brasil, 1989.

____. *O nascimento da tragédia*. Tradução de J. Guinsburg. Rio de Janeiro, Companhia das Letras, 1993.

____. *Werke in drei Bänden*. Munique, Hansen Verlag, 1994.

____. *Cinco prefácios para cinco livros não escritos*. Rio de Janeiro, 7Letras, 1996.

NOVALIS. *Pólen*. São Paulo, Iluminuras, 1988.

REGO, Pedro Costa. *A improvável unanimidade do belo*. Rio de Janeiro, 7Letras, 2002.

RIGAULT, Hyppolite. *Histoire de la querelle des anciens e des modernes*. Paris, 1856.

ROSENFELD, Anatol. *O teatro moderno*. São Paulo, Perspectiva. Coleção Debates, 1977.

____. *Autores pré-românticos alemães*. São Paulo, EPU, 1992.

____. *O teatro épico*. São Paulo, Perspectiva, 2002.

SAADI, Fátima. "Lessing e a tragédia burguesa", *Folhetim*, n.12, jan-mar 2002.

____. "Lenz e Goethe", introdução para a edição das *Notas sobre o teatro e Regras para os atores*. Rio de Janeiro, 7Letras, 2006.

SCHELLING, F.W.J. *Filosofia da arte*. São Paulo, Edusp, 2001.

STAËL, Madame de. *De l'Allemagne*. Paris, Garnier-Flamarion, 1968.

STAIGER, Emil. *Goethe*. Zurique e Freiburg, Atlantis Verlag, 1956.

____. "Goethe: 'Novelle' ", in *Goethe im XX. Jahrhundert*. Hamburgo, Christian Wegner Verlag, 1967, p.136-56.

____. *Conceitos fundamentais da poética*. Rio de Janeiro, Tempo Brasileiro, 1975.

SUZUKI, Márcio. *O gênio romântico*. São Paulo, Iluminuras, 1998.

SZONDI, Peter. *Theorie des modernen Dramas* (1880-1950). Frankfurt, Suhrkamp Verlag, 1957.

____. *Poetik und Geschichtsphilosophie I. Studienausgabe der Vorlesungen Band 2*. Frankfurt, Suhrkamp Verlag, 1974.

____. *Poetik und Geschichtsphilosophie II. Studienausgabe der Vorlesungen Band 3*. Frankfurt, Suhrkamp Verlag, 1974.

____. *Schriften I*. Frankfurt, Suhrkamp Verlag, 1978.

____. *Schriften II*. Frankfurt, Suhrkamp Verlag, 1978.

____. "Versuch über dem Tragishen", in *Schriften*. Frankfurt, Suhrkamp Verlag, 1978. [Ed. bras.: *Ensaio sobre o trágico*. Rio de Janeiro, Jorge Zahar, 2004.]

TODOROV, Tzvetan. "Goethe sur l'art", in *Écrits sur l'art*. Paris, GF Flammarion, 1996.

VIGOTSKI, L.S. *A tragédia de Hamlet, Príncipe da Dinamarca*. São Paulo, Martins Fontes, 1999.

VIRGÍLIO. *Eneida*. São Paulo, Martins Fontes, 2004.

WELLECK, René. *Conceitos de crítica*. São Paulo, Cultrix, s.d.

____. *Geschichte der Literaturkritik 1750-1830*, Darmstadt-Berlin-Neuwied, 1959.

Este livro foi composto por Letra e Imagem
em Legacy e impresso por Bartira Gráfica
em fevereiro de 2008.